E-Z DICKENS SUPERHRDINA KNIHA TRETIA:
ČERVENÁ IZBA

Cathy McGough

Stratford Living Publishing

ČO HOVORIA ČITATELIA

„Bol to taký zábavný príbeh, v ktorom sa toho toľko deje. Páčila sa mi povaha postáv, najmä EZ. Bolo naozaj prehľadné, kto je jeho rodina, a bielu izbu som jednoducho zbožňovala. Vlastne si myslím, že potrebujem svoju vlastnú bielu izbu a novú moc, ktorú EZ dostal ku koncu knihy - nechcem nič prezrádzať, ale, teda, ako super. Ako hráč som veľmi ocenila dej. Okrem hry som si myslela, že aj lovci duší sú veľmi originálny a šikovný nápad. Ten koniec!!! Oh. My. Musím si prečítať ďalší diel, aby som zistila, ako to dopadne.“

Obsah

Pre tých, ktorí veria, že...

„Hrdina je obyčajný človek, ktorý nájde silu vytrvať a vydržať napriek obrovským prekážkam.“

Christopher Reeve

PROLOG

Prešli dva roky a bol prvý december, E-Zove pätnáste narodeniny. Aj keď vonku mrzlo a všade okolo nich poletovali snehové vločky, on, jeho rodina a priatelia boli pevne rozhodnutí usporiadať jeho oslavu vonku, kde mali pripravený ohník, aby sa zahriali, a grilovanie.

Teraz, keď sa Samantha a Sam vzali, bolo v Dickensovej domácnosti ešte viac práce. Keď ich navštívili priatelia, nikdy nebola nuda.

Samova a Samantina svadba bola malým obradom, ktorý sa konal na matričnom úrade. Lia bola družičkou, E-Z bol svedkom a Alfréd Trubač Labutí bol obrúčkár.

Lia si z Alfréda uťahovala, pretože bol oblečený v tmavomodrom motýliku a v ničom inom. Alfreda táto pozornosť nerozhodila, pretože vedel, že je v dobrej spoločnosti iných, napríklad bývalých britských premiérov.

„Ak si veľký Winston Churchill myslel, že motýlik je dosť dobrý pre neho, potom je dosť dobrý aj pre mňa!" Alfred povedal.

„Aj on fajčil veľkú tučnú cigaru!" E-Z povedal. „Pevne dúfam, že aj ty nezačneš fajčiť jednu z nich."

Lia sa uškrnula.

„Steaky sú pripravené!" Sam zavolal. „Ak ich máš rád rare, príď si po ne hneď."

Pristúpila len Samantha s pripraveným tanierom. „Váš syn má dnes chuť na rare," povedala a potľapkala si brucho.

„Čo chce môj syn, to dostane," povedal Sam a zdvihol steak na tanier svojej ženy. Šúchala do stredu, keď jej manžel k nemu pridal pečený zemiak a niekoľko nitiek špargle.

Samantha chrúmala špargľu, keď prešla k piknikovému stolu. E-Zove narodeniny naplánovala do bodky a veľa času strávila zdobením samotného stola predmetmi s tematikou Happy Birthday. Sadla si a rozkrojila pečený zemiak na polovicu, potom pridala kyslú smotanu, pažítku, maslo a pár štipiek soli.

E-Z, Lia, Alfred, PJ a Arden zostali na mieste, pretože pri ohnisku bolo väčšinou teplejšie. Strýko Sam nemal rád, keď sa okolo neho motali ľudia, keď obsluhoval gril, takže sa mu držali z cesty. Okrem toho mali všetci radi dobre pripravené koláče a tiež im to poskytlo príležitosť porozprávať sa na vlastnú päst'a dohovoriť si.

„Čo si myslíte o našej superhrdinskej webovej stránke?" E-Z sa spýtal.

PJ a Arden sa na seba pozreli a potom pokrčili plecami.

„No tak," povedal E-Z. „Čo si o nej naozaj myslíte? Viem, že ste sa na stránku pozreli, pretože strýko Sam mi pomohol pozrieť sa na údaje. Netušil som, že môžeme zistiť toľko informácií, napríklad kto navštevuje našu stránku, ako dlho sa zdrží, čo si pozerá. A spoznal som vaše IP adresy. Tak mi povedzte, čo si o tom myslíte?"

„Celá pravda? Bez zábran?" PJ sa spýtal.

„Brutálna pravda?" Arden sa pridal.

„Áno," prihovoril sa mu E-Z. Znížil hlas na šepot. „Strýko Sam odviedol vynikajúcu prácu. Napriek tomu sa neorientujeme na správne publikum, keďže nemáme takmer žiadnu návštevnosť. Okrem vás dvoch a IP adresy nachádzajúcej sa vo Francúzsku sme nemali takmer žiadne zásahy.

„Niekoľko ľudí, rovnako ako vy, sa na stránku niekoľkokrát vrátilo a pozrelo si ju, ale nezostávajú dlho. Strýko Sam navrhol, že by sme možno mali začať vydávať newsletter, prinútiť ľudí, aby sa zaregistrovali, a posielať im aktualizácie, ale neviem. V súčasnosti všetci robia newslettre a zdá sa, že je s tým veľa práce. Strýko Sam mi ukázal, že sa ich prihlásil asi päťdesiat!

„Čo sa týka žiadostí o pomoc - čo je celý dôvod, prečo sme založili webovú stránku -, zatiaľ nás požiadali len o veci, ktoré riešia miestni úradníci, napríklad polícia a hasiči. Nepáči sa mi predstava, že by sme sa ponáhľali zachrániť mačku na strome a hasiči by sa objavili v plnej zbroji, aby urobili tú istú prácu. Je to neefektívne pre nich aj pre nás. A je to trápne, keď sa objavia práve vtedy, keď my končíme. Ich čas je cenný - každý deň zachraňujú životy. Je to neúctivé, ak viete, čo tým myslím? Zachraňujú životy a sú v pohotovosti dvadsatštyri hodín denne.

„Myslím, že potrebujeme žiadosti, aby sme boli mimo ich sféry, aby sme neplytvali ich časom a nesťažovali im prácu viac, ako už je. Ospravedlňujem sa za taký dlhý príhovor, ale keď si spomeniem na všetko, čo urobili, po nehode s mojimi rodičmi…"

PJ a Arden sa naklonili k sebe a zašepkali si. Nechceli zraniť Samove city - koniec koncov neboli odborníci - ani riskovať, že by ich mohol počuť a spáliť im steaky na škvarek.

„Ehm, úplne sme pochopili, o čo vám ide," povedal PJ. „Okrem toho polícia a hasiči sú základné služby a dostávajú peniaze za to, že zachraňujú ľudí. Zatiaľ čo vy ste dobrovoľníci."

„Takže ich webová stránka a ich online prítomnosť v sociálnych médiách je iná, ako by mala byť tá vaša," povedal Arden. „A majú veľa zamestnancov na mnohých úrovniach, aby všetko udržiavali a aktualizovali."

„Zatiaľ čo vaša stránka, potrebuje niečo viac superhrdinské - ak je to vôbec slovo - a menej korporátne. Ako legendy, tie, v ktorých šľapajach kráčate. Pozrite sa na niektoré webové stránky, ktoré sú pre nich vytvorené - a sú to fiktívne postavy. Predstavte si, čo by sme mohli urobiť, keby sme ich nasledovali," povedal Arden.

„Ako čo? Viem, že máte nejaké nápady, tak sa podeľte," povedal E-Z.

„Nuž, ako ste si možno domysleli, urobili sme si medzi sebou brainstorming. A dali sme dokopy inscenačnú webovú stránku - nie je živá a nebude, kým ju neschválite -, ako by mohla vaša stránka vyzerať. Mám ju v telefóne. Pozrite sa a uvidíte, čo máme na mysli, a zamyslite sa nad možnosťami, pretože sme to urobili pomerne rýchlo." PJ stlačil štart. Trojica sa naklonila.

Na obrazovke sa najprv objavili slová: „Vitajte na superhrdinskej webovej stránke Trojky." Potom sa zväčšila na E-Z v animovanej podobe. Sedel na vozíku, ako sa dalo očakávať, mal na sebe čierne tričko, modré džínsy a bežecké topánky.

E-Z si pohladil vlasy, keď videl, ako vyzerá čierny pruh uprostred jeho svetlých vlasov, ktorý pripomínal fľašu. Nikdy si na to nedokázal zvyknúť.

„Čo to je, na mojom tričku, džínsoch a topánkach? Je to logo? A ako si zo mňa urobil karikatúru?"

„Áno, je to logo. Mysleli sme si, že anjelské krídlo je cool a vhodné," povedal Arden.

„Použili sme aplikáciu, aby sme z teba urobili karikatúru," povedal PJ. „Urobili sme nejaké úpravy, na tvojich rukách. Dúfam, že sme to nepreháňali."

E-Z's si zblízka prezrel, ako si animovaná verzia prekrížila ruky. Teraz ho upútali skôr jeho objemnejšie predlaktia a líca sa mu začervenali. Vyzeral ako ponožka, pózer. Naozaj si jeho priatelia mysleli, že takto vyzerá lepšie? Zažmurkal, keď sa na obrazovke objavilo E-Z na krídlach. Vznášal sa vo vzduchu a ukazoval.

Toto bolo prvé predstavenie Lii. Prišla tiež v animovanej podobe. Lia bola od hlavy po päty oblečená vo fialovej kombinéze s tutu. Blond vlasy mala pevne zviazané do chvosta a na očiach mala fialové slnečné okuliare. Keď prechádzala po obrazovke, vyzerala skvele, priateľsky a roztomilo. Otočila sa a zastavila ako modelka na móle a zapózovala.

E-Z sa posmieval; nemohol si pomôcť.

„No, aspoň nevyzerám ako póza s umelými svalmi!" povedala.

E-Z to nekomentoval.

Animovaná Lia natiahla ruky dopredu, dlane smerovali k zemi. Potom ich voilá otočila. Ľavé oko v jej dlani sa otvorilo a po ňom aj pravé. Synchrónne zažmurkali. Lia držala pózu a potom si pískla cez prsty.

„Kiež by som to naozaj vedela!" povedala a snažila sa napodobniť animovanú verziu seba samej.

E-Z zapískal.

„Predveď sa," povedala a štuchla ho lakťom.

Teraz sa na obrazovke objavila Malá Dorritka. Bola elegantná a ženská a biela ako sneh. Jednorožec priletel k Lii, pristál a sklonil hlavu, aby ho dievčatko mohlo pohladkať. Lia naskočila a Malá Dorrit letela vedľa E-Z. Vznášali sa a potom otočili hlavy.

To bol Alfredov signál. V kreslenej podobe sa zdalo, že jeho žiarivo oranžový zobák sa vo svetle leskne. Bol v priamom kontraste s jeho cukríkovo červeným motýlikom. Keď kráčal smerom k Lii a E-Z, jeho pavučinové nohy škrípali ako prísavky.

„Moje nohy nevydávajú tento zvuk!" Alfréd povedal.

„Ehm, aj to robia," povedal E-Z s úsmevom, keď Alfred na obrazovke roztiahol krídla a letel na stranu svojich dvoch kamarátov.

Tí traja zapózovali. E-Z stál v strede tvárou k Lii vľavo, Alfred vpravo. Potom sa to stalo. Trojka - teda Lia a E-Z zdvihli palce hore. Alfréd zasa urobil gesto krídlami nahor.

„To je trápne," zašepkal E-Z Alfredovi.

„Bez srandy!"

"Shhhh," Lia said as the voiceover on the screen kicked in. Bol to Ardenov hlas, ale jeho tón bol nižší. Znel ako moderátor hernej šou.

„Ak potrebujete superhrdinu... E-Z, Lia a Alfred - známi aj ako Trojka - sú vám k dispozícii dvadsaťštyri hodín denne, sedem dní v týždni. Zavolajte na číslo ***-***-**** alebo pošlite správu prostredníctvom sociálnych sietí.

Keď potrebujete niekoho, kto vám pomôže... Zavolajte Trojke. Budú tu pre vás... okamžite. Môžete sa na nich spoľahnúť... pretože sú najlepší, akých môžete vidieť. Dvadsaťštyri hodín denne, sedem dní v týždni... spokojnosť zaručená."

„A teraz veľké finále," povedal Arden.

Trojica si založila ruky na hrudi. Alfréd si zložil krídla.

„Hm, to nie je možné," povedal Alfred.

„Shhhh," Lia said.

Každý s bradou vystrčenou dopredu jeden po druhom Traja zaujali pózu.

PJ stlačil pauzu.

„Vzhľadom na to, čo si povedal o jurisdikciách, možno budeme musieť tento kúsok zmeniť," povedal. Stlačil štart.

„Žiadna práca pre nás nie je príliš veľká ani malá!" Ozvala sa počítačová verzia hlasu E-Z.

Potom sa kruh v strede obrazovky točil dookola, ako keď sa wi-fi snaží nájsť signál. Teraz obrazovku vyplnilo slovo BAM! Potom sa na obrazovke objavilo slovo SOCKO!

Sledovali, ako E-Z zachraňuje mačku, ktorá uviazla vysoko na strome.

„Ach, brat," povedal.

Hlas jeho animovanej postavičky pokračoval.

„My sme Traja

Sme tu pre teba!

Mačka uviazla na strome...

Dostaneme ho pre teba dolu!"

E-Z bol zobrazený, ako odovzdáva zachráneného kocúra rodine.

„Uh, to sa nikdy nestalo," povedal.

„My, ehm, sme si vzali trochu poetickej licencie," priznal Arden.

„Môžeme opraviť všetko, čo sa vám nepáči," povedal PJ.

Teraz sa na obrazovke opäť objavil kruh, ktorý sa točil dookola. Keď sa zastavil, na obrazovke sa objavilo slovo BUM! Nasledovalo slovo ZIP!

Na obrazovke animovaný E-Z zachraňoval lietadlo plné cestujúcich. Keď položil lietadlo na zem, stovky čakajúcich pozorovateľov na pristávacej dráhe zatlieskali.

„Tak toto sa mi páči viac," povedal.

„Ticho," povedala Lia.

Na obrazovke E-Z povedal,

„Pretože sme tvoji priatelia!

Naše služby sú zadarmo.

24/7

Pretože my sme Trojka!"

Opäť kruh, ktorý sa točí dookola. Nasleduje BINGO! A BUM!

Teraz sa záchrana na horskej dráhe zopakovala v animovanej podobe. Bolo to veľmi dobré. Taká presná, že bolo cítiť vôňu cukrovej vaty a karamelovej kukurice.

„Aha!" E-Z povedal.

Lia zatlieskala.

Alfred potriasol krkom zo strany na stranu, akoby ho nedávno postriekali veľmi studenou vodou.

„To sa mi páči!" Lia povedala. „A ďakujem, že si zaradil moju obľúbenú farbu. Ako si to vedel?"

„Všimol som si, že ju často nosíš," povedal PJ. Líca sa mu začervenali. „Som veľmi rada, že sa ti páči."

„Čo si myslíš, E-Z?" Arden sa spýtal.

Alfred sa pozrel smerom k E-Z.

„To bola ehm," povedal E-Z, "ehm... dobrá snaha."

„Večera je hotová, poď si po ňu!" Sam zavolal.

„Nechajte oslávenca ísť prvého," povedala Samantha.

E-Z si to s Alfrédom namieril cez dvor.

„Hovoríme o perfektnom načasovaní," povedal.

„Áno, tí dvaja sú stále plonkoví," odvetil Alfréd.

„Ale srdcia majú na správnom mieste. Je to šikovný nápad, len pre nás trochu prehnaný."

„Trochu?" Alfréd vykríkol.

„Dobre, veľa, ale dali si záležať. Môžeme si nechať to, čo sa nám páči, a zvyšku sa zbaviť."

Keď mali všetci svoje jedlo, sadli si k piknikovému stolu a jedli. Obloha sa zmenila a jasné hviezdy zaplnili nebo okolo nich. Najedli sa do sýtosti, potom Samantha priniesla narodeninovú tortu, ktorú upiekla, a všetci zaspievali „Happy Birthday!".

„Reč! Reč!" Arden sa uškrnul a čoskoro sa všetci pridali.

E-Z sa na pár sekúnd zamyslel.

„Ďakujem, že ste mi urobili pätnáste narodeniny výnimočnými. Chcel by som si na chvíľu spomenúť na mamu a otca a podeliť sa s vami o narodeninovú spomienku. Ak to nevadí? Sľubujem, že sa nebudem rozplývať.“

Všetci prikývli.

Samantha, ktorá odkedy otehotnela, bola vždy sopľavá. Či už to boli slzy šťastia alebo sedenia, utrela si jednu ešte skôr, ako začal. „Som v poriadku,“ povedala, keď ju Sam objal okolo ramien.

„Bolo to na moje piate narodeniny. Nechcela som oslavu a požiadala som, aby sme si namiesto toho mohli ísť pozrieť film. Namiesto toho, aby sme hľadali v novinách, čo dávajú, sme sa rozhodli, že sa tam jednoducho vybrúsime a rozhodneme sa, čo uvidíme na mieste. Alebo mi povedali, že si môžem vybrať, keďže som bol oslávenec.“

Na chvíľu zavrel oči.

Bol opäť tam, v divadle. Bola tam mama, celá navlečená do parky. Na ušiach mala chrániče a triafala si ruky tak, ako to robila vždy. Mama vždy nosila rukavice a sťažovala sa, že jej je zima na prsty.

Otec mal na sebe modrý kabát po kolená a na ňom džínsy. Nerád nosil do mesta čiapku, lebo by mu rozcuchala vlasy. Na rukách nemal rukavice. Strčil si ich do vrecka kabáta spolu s kľúčmi.

E-Z si čuchol k vzduchu. Vo vnútri divadla cítil vôňu maslového popcornu, čakal, kým vojde dnu a objedná si ho.

Prezerali si plagáty.

„A čo ten?" opýtala sa ho mama.

„Nie, E-Z má radšej ten?" povedal jeho otec.

Opäť otvoril oči.

Namiesto toho, aby bol na dvore so svojou rodinou a priateľmi, bol opäť v sile - opäť. Nebol tam odvtedy, čo archanjeli nedodržali dohodu.

„Všetko najlepšie k narodeninám!" zvolal hlas v stene.

V stene vedľa neho sa otvoril panel a vyskočil z neho koláčik. Na vrchu bolo napísané: „Všetko najlepšie k narodeninám, E-Z." Uprostred bola jedna sviečka, ktorá už bola zapálená.

„Dobrú chuť!" povedal hlas a hodil na stôl vedľa neho nôž a vidličku.

„Ehm, ďakujem," povedal. „Prečo som tu?"

„Čakanie je štyri minúty," povedal nepríjemný hlas. „Prosím, zostaňte sedieť."

Akoby mal v tejto veci na výber.

KAPITOLA 1
PRERUŠENÉ NARODENINY

E-Z sa nedotkol koláčika, ktorý ležal pred ním, hoci vyzeral a voňal dobre. Rozmýšľal, čo sa deje na jeho večierku. Aspoň vedel, že tortu nemôžu krájať, kým nesfúkne sviečky a nevysloví želanie. Nejaká narodeninová oslava doma, keď tam ani nebol!

„Dostaňte ma odtiaľto!" zakričal. „Zmeškal som vlastnú oslavu pätnástych narodenín a bol som uprostred rozprávky." "To je pravda.

Strecha sila zívla a Eriel sa k nemu vzniesol ako blesk v búrke.

„Rád ťa opäť vidím, bývalý chránenec," povedal.

„Ten pocit nie je vzájomný. Prečo som tu? Myslel som, že som s vami všetkými skončil, a dnes mám narodeniny - musím sa k tomu vrátiť."

„Áno, ospravedlňujem sa za načasovanie - ale nemohli sme si nechať ujsť tvoje narodeniny bez toho, aby sme ti aspoň zaželali všetko dobré."

„Ehm, myslím, že vďaka."

„A keď už si tu, prečo sa nezúčastníš na svojom narodeninovom koláčiku? A nezabudni si niečo zaželať - budeš potrebovať všetku pomoc, ktorú dostaneš!" archanjel sa uškrnul.

Okrem E-Z sa otvorilo okno a vyšla z neho mechanická ruka so zapálenou zápalkou. Zapálila knôt a potom sa stiahla späť do steny tak rýchlo, že zápalka sa sama od seba odpla. e-Z sa pozrel na blikajúcu sviečku. Rozmýšľal, čo znamenala tá posledná poznámka, ale usúdil, že si ho Eriel naťahuje. Jeho mozog zostal prázdny. Nedokázal si spomenúť na jedinú vec, ktorú by si želal. Okrem toho, že bol späť v dome so svojimi priateľmi a rodinou, oslavoval svoje narodeniny. Keď sfúkol sviečku, Eriel sa rozospieval. Bola to strhujúca interpretácia: „Lebo je to veselý dobrák, čo mu nikto nemôže uprieť."

„Bez urážky," povedal E-Z, "ale ty máš spievať Happy Birthday."

„Dôležitá je myšlienka," povedal Eriel. „Teraz, keď sme ukončili narodeninovú časť vašej návštevy, by sme radi vedeli, či ste už vyriešili hádanku?"

„Hádanku? Akú hádanku?"

„Áno, navrhli sme ti, aby si sa pokúsil nájsť súvislosti - vo svojich minulých pokusoch. Pamätáš si, keď sme hovorili, že ťa nechceme kŕmiť po lyžičkách? Podarilo sa ti to?"

„Ach, nezdalo sa mi, že by to bola priorita alebo hádanka, ktorú by som mal vyriešiť, najmä odkedy ste sa vykašľali na svoju ponuku. Ale áno, písal som si do zápisníka, robil som si záznamy o veciach, ktoré sme doteraz vykonali, a všimol som si pár súvislostí s hraním hier, ale boli čisto náhodné."

„Náhodné! Určite nie. Tie príhody spolu súvisia - to vidí každý!" Eriel hovoril tichým hlasom, aby nestratil nervy.

„Ehm, prepáč, ale náhody sa stávajú stále. Vieš, koľko detí hrá počítačové hry? Hľadala som na internete. V roku 2011 sa tam písalo, že deväťdesiatjeden percent detí vo veku od dvoch do sedemnástich rokov hrá každý deň. To je asi šesťdesiatštyri miliónov detí na celom svete."

„Aha, takže si sa na to zameral. To je dobré. Zistil si o tom ešte niečo? Alebo nejaké obavy, ktoré by ste mohli mať? Nejaký dôvod, prečo by ste mali urobiť ďalší výskum - výskum je dobrý. Iniciatíva je veľmi, veľmi dobrá.“

„Nie. Som dosť zaneprázdnený, inými vecami - školou a tak. Okrem toho, ak chceš, aby som sa tým ďalej zaoberal - najprv ma budeš musieť presvedčiť, že je to niečo viac ako náhoda. Overila som si ešte niekoľko štatistík. Napríklad, že je viac hráčok ako kedykoľvek predtým. Mnohé z nich si vytvorili podniky na YouTube a zarábajú si na živobytie. Samozrejme, nie deti, ale podľa štatistík, ktoré som čítal na internete, od roku 2019 tvoria dievčatá štyridsatšesť percent hráčov.“

Eriel si poklepal dlhým a kostnatým prstom po brade, akoby uvažoval nad tým, čo mu E-Z povedal. „Ach, opäťsom ohromený. Nezdajú sa ti tieto štatistiky znepokojujúce?“

„Ehm, nie, nepovažujem.“ Zhlboka sa nadýchol a stratil trpezlivosť s tým, že premeškal svoje narodeniny. „Je dôležité, aby sme to urobili dnes? Nemôžeš ma sem priviesť inokedy? Nič z toho, o čom hovoríme, neznie kriticky.“

Eriel prestal ťukať a pravé obočie mu vystrelilo nahor. Zahľadel sa na oslávenca.

„Alebo áno?" E-Z sa spýtal.

Eriel počkal, kým odpovedal. Obtáčal jazyk okolo slov, akoby mal problém dostať ich von. Zvýšil výšku hlasu na soprán a povedal: „An-y-thin-g el-se a-bou-t tho-se t-wo in-ci-de-nts? An-y-thin-g to ca-use a-l-a-rm? Aby som si pod tebou našiel ž-ž-ž-ž-ž-ž-ž-ž-ž-ž-ž-ž-ž-ž-ž?"

E-Z si želal, aby to Eriel vysvetlil a prešiel k veci. Nechcel sa zahanbiť tým, že by uviedol očividné, alebo tým, že by sa mýlil.

„Rafael mal pravdu, si trochu tuctový."

„Hej!" E-Z zakričal. „Ak potrebuješ moju pomoc, ideš na to, aby si ju získal veľmi zvláštnym spôsobom." Prstom prešiel po poleve na koláčiku a prisal si prst. Chutilo to dobre, ako cukrová vata. „Zabíjanie. Jeden sa ma pokúšal zabiť a druhý zabíjal ľudí v obchode. Obaja tvrdili, že ich motívy súviseli s hrou."

„Bič," povedal Eriel.

„A?"

„To je jedno!" Eriel zmizla cez strop a spievala: „Hrubá ako tehla, hrubá ako tehla, hrubá ako tehla."

E-Z zdvihol päste do vzduchu. „Vráť sa sem a povedz mi to do očí!"

Erielov smiech sa ozval a odrážal sa od stien.

PFFT.

„Ehm, ďakujem," povedal E-Z a potom sa ocitol späť doma, na svojej párty. Všetci boli zaneprázdnení, hrali hry, robili si svoje veci - akoby tam vôbec nebol -, čo nebol.

Pozoroval, ako Sam prišiel na rad pri rebríkovej guli. Nebol v tom nijako zvlášť dobrý, ale E-Z išiel k nemu a aj tak sledoval jeho druhý pokus. Keď dokončil svoj hod a úplne minul cieľ, prešiel k synovcovi.

„Vidím, že ešte stále pracuješ na tom, aby si túto hru zvládol," povedal E-Z.

„Áno, je to nadobudnutý talent. Mimochodom, kam si išiel?"

„Eriel mi chcel okrem iného popriať všetko najlepšie k narodeninám."

„Hm, to bolo od neho milé. Že?"

„No, poznáš Eriela. Nikdy nerobí nič bez motívu. V tomto prípade chcel, aby som si vytvorila spojenie na základe spomienky."

„Spomienka na čo? Na tvojich rodičov? Na nehodu?"

„Nie, chcel, aby som si vytvoril spojenie medzi dvoma iniciátormi procesu. Čo som mimochodom urobil. Potom odišiel so slovami, že som hrubý ako tehla.“

„Aké neslušné!“ Lia zvolala. Počúvala, odkedy sa hlúpo nudila pri hre s hádzaním loptičiek.

„A ešte k tomu na tvoje narodeniny,“ povedal Alfred. Bol ešte beznádejnejší ako Sam, keďže musel hádzať loptičky pomocou zobáka.

„Chceš si to skúsiť?“ PJ sa spýtal a podal loptičku E-Z, ktorý si premiestnil stoličku pred terč a potom hodil loptičku. Tá zasiahla hornú priečku, niekoľkokrát sa otočila a dopadla na prémiovú pozíciu.

„Takto sa to robí!“ Sam povedal.

„PJ a ja sme si takto hádzali počas celej hry,“ povedal Arden.

„Aha, ale ty nie si môj synovec,“ odvetil Sam.

Párty pokračovala, až kým sa nezotmelo a nedali sa hrať ďalšie hry, a všetci sa rozhodli, že si nebudú spievať. PJ a Arden sa vybrali domov, zatiaľ čo E-Z a zvyšok partie išli spať.

KAPITOLA 2
PROBLÉM

D vadni po narodeninovej oslave E-Z sa PJ a Arden ocitli v menších problémoch.

Bola to Lia, ktorá mala vidinu, že niečo nie je v poriadku. Spomenula si na víziu Alfreda a E-Z: „Bolo to, akoby boli v tranze. A obaja sedeli za svojimi pracovnými stolmi a pozerali na prázdne obrazovky počítačov.“

„Na tom nie je nič nezvyčajné,“ povedal E-Z. „Veď sa často spolu hrajú hry a možno spali.“

„S otvorenými očami?“

„Dobre, poďme tam,“ povedal E-Z.

„Je to uprostred noci!“ Alfréd zvolal.

„Napriek tomu to radšej skontrolujeme.“

Trojica sa vytratila z domu a rozhodla sa ísť najprv k PJovi, pretože jeho dom bol najbližšie.

„Nemyslím si, že jeho rodičia ocenia takú neskorú návštevu," povedal Alfréd.

„Pochopia to," povedala Lia a zazvonila pri vchodových dverách.

O chvíľu neskôr otvoril dvere veľmi rozospatý muž, ktorý si pretieral oči a bol v pyžame - PJov otec.

„Kto je to?" ozvala sa zvnútra jeho matka.

„To sú PJ-ovi kamaráti," povedal jeho otec. „Stalo sa niečo?"

„Ehm," povedal E-Z. "Prepáčte, že vás vyrušujem, ale naozaj potrebujeme vidieť PJa. Je to naliehavé."

„Tak to by ste mali radšej vojsť," povedal PJ-ov otec.

KAPITOLA 3
PRED

P Ja Arden pracovali na webovej stránke o superhrdinoch. Aktualizovali informácie a pridali niekoľko nových prvkov.

V minulosti, keď prišla žiadosť o pomoc, do schránky sa poslal e-mail. Keď sa niekto nabudúce prihlásil, videl ho a podľa toho reagoval. S novým systémom by E-Z, Arden a PJ dostávali textové správy okamžite.

Okrem toho by osoba žiadajúca o žiadosť dostala automatickú odpoveď s časovou pečiatkou. PJ a Arden si boli istí, že táto automatizovaná aktualizácia zvýši dôveru a prinesie na stránku väčšiu návštevnosť.

PJ a Arden tiež zriadili kanál YouTube s podcastom. Bola to novinka, s ktorou prišli počas brainstormingu. Boli nadšení, že o tom môžu povedať E-Z. Bol by to vynikajúci spôsob, ako zvýšiť online prítomnosť The

Three. Vytvorili tiež komunitnú nástenku na otvorenú diskusiu.

Systém tiež kategorizoval prichádzajúce správy. Napríklad záchrana mačky zo stromu. Trojka dostala viacero žiadostí o túto službu. Keďže miestni úradníci boli lepšie vybavení na odpovedanie na tieto volania, PJ a Arden z toho urobili modrý kód.

Modrý kód znamenal, že kým sa E-Z dostal na miesto, aby mačku zachránil, už bola zachránená. Modrý kód znamenal, že by mal počkať, či sa situácia vyriešila, a až potom vyraziť.

Žltý kód mohol znamenať, že si niekto zabudol kľúče alebo si ich zamkol v aute. Opäť platí, že kým tam E-Z prišiel, situácia už bola vyriešená. Opäť sa odporúča počkať a skontrolovať, kým sa vydáte na cestu.

Vďaka kategorizácii modrých a žltých kódov by sa E-Z a jeho tím mohli sústrediť na dôležitejšie hovory, t. j. červené kódy.

Červený kód bol vtedy, keď boli ohrozené životy alebo končatiny. Od zriadenia webovej stránky Trojka dostala nula žiadostí v tejto kategórii.

Spokojní s tým, koľko toho dosiahli, sa rozhodli trochu upustiť paru. Pripojili sa k hre pre viacerých hráčov.

„Tri dievčatá," napísal PJ Ardenovi.

„Môžeme ich vziať!" odpovedal.

Hra sa začala a spočiatku sa všetko odohrávalo ako vždy. Mlátili dievčatá, prechádzali level za levelom a zabíjali všetko, čo im prišlo pod ruku. Potom sa zrazu všetko úplne zastavilo.

KAPITOLA 4
DOM PJ

E-Z, Lia, Alfred a PJovi rodičia sa vydali chodbou do jeho izby. To, čo uvideli, bolo väčšinou také, ako si Lia predstavovala. Rozdiel bol v tom, že obrazovka počítača bola stále zapnutá. Blikala a blikala, zatiaľ čo PJ vyzeral, že tvrdo spí.

„Čo je s ním?" PJova matka sa spýtala. „Mal by byť v posteli a spať. Pozri sa na jeho držanie tela. Pravdepodobne je dehydrovaný. Prinesiem mu pohár vody."

PJov otec sa presunul cez miestnosť a pokrčil synovi ramenami. Očakával, že sa jeho syn prebudí, ale nestalo sa tak. Namiesto toho sa zosunul na stoličke a bol by spadol na zem, keby ho otec nezachytil. Odniesol syna a položil ho na svoju posteľ.

PJova matka sa vrátila, položila vodu na vedľajší stolík a potom priložila pery na synovo čelo. „Žiadna horúčka," povedala.

PJ-ov otec zdvihol synovo pravé viečko a videl, že mu vidno len očné bielka. „Zavolajte záchranku," zvolal.

„Nie, myslím, že by sme mali zavolať nášho rodinného lekára, doktora Flanelku," povedala PJ-ova matka. „Už tu raz bol na domácej návšteve. Keď išlo o naliehavú situáciu - a toto je určite naliehavá situácia."

„Pani Handlová," povedal E-Z, "bude v poriadku."

„Samozrejme, že bude," odpovedala, keď pán Handle vyšiel z miestnosti, aby zavolal doktora Flannela."

Keď sa vrátil, všetci spolu mlčky čakali a sledovali PJ, ako spí. Akoby čakali, že vyskočí a začne blbnúť. Bolo by to presne také, ako keby sa vyvádzal. Robiť si z nich bláznovstvá.

Pán Handle bol nepokojný, poskakoval nohou hore-dole, kým sedel. Postavil sa, prešiel cez miestnosť a zohol sa, aby sa pozrel na pevný disk. Zdvihol nohu, akoby sa doň chystal kopnúť, ale v poslednej chvíli si to rozmyslel a vytiahol kábel zo zásuvky.

Pozerali sa, ako sa pán Handle začal triasť po celom tele, až pustil zástrčku. Otočil sa a kráčal k nim. Za ním sa z pevného disku valil dym. O niekoľko sekúnd neskôr praskla obrazovka monitora.

„Chyťte hasiaci prístroj!" Alfred zavolal, ale E-Z už schmatol pohár s vodou a hodil ho na skrinku. Zasyčal a pripojil sa k obrazovke obaja úplne mŕtvi.

PJova matka pribehla k manželovi a pomohla mu sadnúť si. „Keď príde doktor, môže sa na teba tiež pozrieť," povedala. „Máš také šťastie. Nezvládnem, keď sa vy dvaja zraníte."

„Som v poriadku," povedal pán Handle.

Ale pre Trojku nevyzeral v poriadku. Bol bledý, trochu zelený a trochu sivý.

„Nerozčuľujte sa," povedal pán Handle. „Vďaka za rýchle premýšľanie, E-Z." Potom svojej žene: „Dobre, že si priniesla tú vodu."

„PJ sa bude veľmi hnevať, keď uvidí, že jeho počítač je zničený."

„No tak, no tak," povedal pán Handle. „On to pochopí."

Očividne sa mu plnilo lepšie, pretože Trojka si všimla, že jeho dýchanie sa vrátilo do normálu, rovnako ako bledosť.

Keďže sa zdalo, že je všetko v poriadku, E-Z spomenul Ardena. „Kým počkáte na lekára, naozaj musíme skontrolovať Ardena. Myslíme si, že by mohol byť v podobnom stave.“

„Často sa spolu hrávajú, ale čo to, preboha, mohlo spôsobiť?“ ,Áno,‘ opýtal som sa. Pán Handle sa spýtal.

„To neviem, ale nevadilo by vám, keby som išiel Ardena skontrolovať?“

„Choďte,“ povedala pani Handlová.

„Lia zostane tu s vami,“ povedal E-Z. „Môže nás informovať, a ak nás budete potrebovať, hneď sa vrátime.“

„Ďakujem, E-Z, a Alfred,“ povedal pán Handle a odprevadil ich k vchodovým dverám.

KAPITOLA 5
DOM ARDEN

E-Z a Alfred sa vydali na cestu k Ardenovi. Ešte skôr, ako stihli zaklopať, otvoril dvere Ardenov otec pán Lester.

„Ako ste to vedeli?" spýtal sa.

E-Z mu nemohol povedať pravdu. Namiesto toho teda improvizoval lož. „Ehm, celý život som bol Ardenov najlepší kamarát, takže tak trochu viem, keď sa niečo deje. Môžem ho vidieť?"

„Jasné, poď do jeho izby," povedala Ardenova matka pani Lesterová. „Neľakajte sa. On len spí. Ráno bude v poriadku."

Pán Lester vzal svoju ženu za ruku a viedol ju po chodbe k miestu, kde Arden tvrdo spal.

„Ach," zvolal Alfred, keď ho uvidel. „Vyzerá, akoby bol v šoku."

„Pozri sa mu pod viečka," povedal pán Lester.

E-Z stiahol priateľovi viečko. PJ-ova zrenička bola viditeľná, ale bola väčšia a vyzerala, akoby mu mohla každú chvíľu vybuchnúť z očnej jamky. Opäť nad ňou zatvoril viečko.

Alfréd húkol. To počuli aj Lesterovci. To, čo povedal, bolo: „Čo to, dočerta, mohlo spôsobiť? Strach? Alebo niečo vážnejšie, napríklad záchvat?"

E-Z pokrčil plecami bez odpovede. Lesterovci boli už aj tak dosť vystrašení a vystresovaní, navyše by len hádali.

„Kde presne ste ho našli?" E-Z sa spýtal.

„Sedel pred počítačom," povedala pani Lesterová.

„Bola zapnutá obrazovka?" spýtal sa.

„Áno, bola," povedal pán Lester. „Zavolali sme nášmu rodinnému lekárovi. Momentálne je zaneprázdnený, má iný hovor, ale ozve sa nám."

„Už volali lekárovi u PJ, doktorovi Flanelovi. Zavolám Lii a zistím, čo ak už stanovil diagnózu."

„Sú takmer rovnaké," povedal.

„Ako to myslíš, takmer?"

Vypotácal sa z miestnosti. Netreba Lesterovcov znepokojovať ešte viac, ako ich už znepokojovalo. Zašepkal do telefónu: „Jeho zrenčky sú stále viditeľné, ale sú obrovské. Ako vredy, ktoré sa chystajú prasknúť!“

„Oh, nechutné!“ Lia povedala. „Možno by mal ísť do nemocnice?“ “Zavolali ich rodinnému lekárovi, ale ten je nedostupný. Takže mi dajte vedieť, hneď ako sa doktor Flanel vyjadrí, a ja ho pošlem ďalej. Možno mu budeš chcieť povedať o Ardenovom oku a uvidíš, či odporučí okamžitú hospitalizáciu.“

„Urobím to. Budem v kontakte.“

Všetko vysvetlil Lesterovcom. Tí sa s prázdnymi tvárami pozerali pred seba. Znepokojovalo ho, ako to všetko prijímajú.

„Dal by si niekto šálku čaju?“ Pani Lesterová sa spýtala.

„Nie, ďakujem,“ povedal E-Z. Pani Lesterová patrila k tým mamám, ktoré verili, že čaj dokáže vyriešiť väčšinu problémov.

Pán Lester nasledoval svoju ženu do kuchyne.

„Ty sa zvyčajne nepripájaš k ich hrám?“ Alfred sa spýtal, keď už boli s E-Z s Ardenom sami.

„Niekedy,“ povedal E-Z. “Ale v poslednom čase, ak mám nejaký voľný čas, zvyčajne ho trávim písaním. V poslednom čase nemám veľa času pre seba.“

„To je pochopiteľné. Ospravedlňujem sa, ak sa tu príliš zdržiavam.“

„Nie, to je v poriadku. Musím sa viac zorganizovať. Školská práca je čoraz komplikovanejšia, vieš, že sme na ceste ku kariére a k maturite. Chcú, aby sme vedeli, kam ideme, a my ešte ani nevieme, kde sme.“

„Pamätám si na tie časy, ale ty na to prídeš. Každopádne som rád, že si sa s nimi nehral - inak by si mohol byť v rovnakom stave ako oni.“

„To je pravda. Neviem si predstaviť, čo by ich tak vystrašilo... ak sa to stalo. Veď hra je hra - nie realita. Musela to byť poriadna súťaž.“

Lesterovci sa vrátili do synovej izby.

„Čo sa stalo?“ Pani Lesterová vykríkla.

Ardenove viečka boli teraz otvorené a odhaľovali celé biele vnútro. Rovnako ako PJovi mu zmizli zreničky.

E-Z mal pocit déjà vu, keď pán Lester prešiel cez izbu a zohol sa, aby ho odpojil od elektriny.

„Prestaň!“ E-Z zakričal. „Nedotýkajte sa ho!“

Pán Lester zastal na mieste.

„Pán Handle takmer dostal elektrický šok, keď sa ho dotkol. Najlepšie bude, keď to necháte na pokoji.“

„Chvalabohu, že ste tu boli a varovali ma,“ povedal pán Lester.

„Áno, ďakujem ti E-Z. Nedokázala by som to zvládnuť, keby sa zranil môj syn aj môj manžel. Jednoducho by som nemohla.“ Prešla cez miestnosť a objala manžela okolo pliec.

„Potom sa mu pokazil počítač, praskla obrazovka a vyšiel z neho dym,“ vysvetlil E-Z. „Takže PJ-ov počítač je zasypaný, usmažený - opečený. Zatiaľ čo Ardenin počítač je stále neporušený. Ak prídeme na to, ako sa doň dostať - bezpečne -, možno sa nám podarí zistiť, čo sa im stalo. Najprv musím zavolať strýkovi Samovi a požiadať ho o pomoc. Je to technicky zdatný informatik, takže bude vedieť, čo robiť.“

„Počkajte,“ povedala pani Lesterová. „Chceš nám povedať, že PJ aj Arden sú, to isté?“

Prikývol.

„Vždy som hovorila, že počítače sú zlé!“ povedala. „Môj Arden je športovec. Mal by sa venovať športu, nie sedieť pri počítači a márniť čas.“ Vzlykla manželovi do hrude a on ju objal.

„Počítače sú potrebné do školy,“ povedal pán Lester. „Náš syn neurobil nič zlé a som si istý, že sa každú chvíľu vráti k svojmu starému ja. Potrebuje trochu zavrieť oči. Trochu si oddýchnuť, to je všetko. Bude v poriadku.“

Alfréd sa uškrnul.

E-Z dostal na svoj telefón správu. „Lia hovorí, že doktor Flanel im povedal, aby nechali PJa tam, kde je. Vraj by sa mu mali oči samé vrátiť do normálu. Hovorí, že PJ nevyzerá, že by mal nejaké bolesti. Jeho srdcový tep a pulz sú normálne. Potrebuje odpočinok.“

„Ďakujem,“ povedal pán Lester.

„Ďakujem, že ste sa zastavili,“ povedala pani Lesterová. „Dáme vám vedieť, ak sa niečo zmení.“

E-Z a Alfred po dlhej návšteve odišli, stretli sa s Lijou a všetci spolu odišli domov.

„Nemôžem si pomôcť,“ povedal E-Z, “či to s PJ a Ardenom má byť skúška. Eriel mi naznačil, že by som sa mala niečoho obávať. Že by som to dokonca mala chcieť sledovať. Ak je to tak, nie som si istý, ako to mám napraviť. Máš nejaký nápad? Okrem toho, aby nám strýko Sam pomohol dostať sa do Ardenovho počítača - som tu úplne bezradná.“

„Je to zvláštne, ak je to pokus,“ povedal Alfred. „Pretože súdne procesy sú už minulosťou, nie?“

„Sú, ale ak sa PJ a Ardenovi niečo stalo, potom mi nezostáva nič iné, len sa do toho zapojiť. Aj napriek tomu, že archanjeli nedodržali našu dohodu.“

„Obaja vyzerajú tak, mimo. Čo od teba očakávajú? Nie je to tak, že by si mal liečiteľské schopnosti alebo niečo podobné,“ povedal Alfred.

„Ale ty áno!“ Lia povedala.

„Mám, ale keď sú použiteľné. Skúsila som, komunikovať s ich mysľou. Ale boli akoby prázdne. Nemohla som sa k nim dostať. Aby som ich mohla vyliečiť, muselo by s nimi byť nejaké spojenie. A ja som sa nemal s čím spojiť.

„Stále sa sama seba pýtam, či by som nemala zavolať na pomoc Ariela. Ona je anjel prírody. Možno existuje niečo, čo by mohla navrhnúť, alebo niečo, čo by mohla urobiť, čo ja nemôžem.“

„To je sľubný nápad,“ povedal E-Z.

WHOOPEE

Ariel prišla.

„Čo sa deje?“ spýtala sa.

Alfréd jej vysvetlil situáciu.

E-Z sa spýtal, či to nie je súd, ktorý sa archanjeli snažia podsunúť dodatočne.

„Tak či onak, musíš pomôcť svojim priateľom,“ povedala. „Chceš im predsa pomôcť, nie?“ "Áno.

„Samozrejme, že chcem, ale to, čo musím urobiť, aké kroky musím podniknúť v skúške, je zvyčajne zrejmejšie.“

„Nepočula som šepkanie o tom, že nie si schopný prevziať iniciatívu?“ Ariel sa spýtala.

„Naznačuješ,“ spýtal sa E-Z a zachoval tichý hlas, aby nestratil náladu. „Že archanjeli uviedli mojich priateľov do kómy, aby otestovali moju iniciatívu?“

Ariel sa usmial. „Nie, nič také nenaznačujem. Ale ak by to bola skúška, čo by si potom urobil, aby si im pomohol?“

„Keď predo mňa postavia skúšku, môj mozog sa rozbehne. Viem, čo mám urobiť, aby som to napravil, a idem do toho. V tomto prípade nemám predstavu, čo mám urobiť, aby som to napravil. Sú v zdravotnom ohrození. Nie som lekár.“

Ariel si prekrížila ruky. „Čo si skúšal, Alfred?“

„Pokúsil som sa spojiť s mysľou oboch. Zvyčajne, ak dokážem liečiť ľudí alebo tvory, existuje spojenie - také, ktoré nebolo prerušené vonkajšou silou. V oboch ich prípadoch to bolo, akoby sa dvere zabuchli a ja som ich nemohol prelomiť.“

„Tak to si si odpovedal na svoju vlastnú otázku,“ povedal Ariel. „Môžem ti ešte s niečím pomôcť?“

„Nebola si mi práve nápomocná,“ povedala Lia.

Alfréd sa ospravedlnil.

WHOOPEE

A Ariel bola preč.

„Nemal by si s ňou takto hovoriť,“ povedal Alfred. „Keby nám mohla pomôcť, pomohla by nám.“

„Je mi to ľúto, ale je frustrujúce, keď nevedia o nič viac ako my. Veď sú to archanjeli! Mali by vedieť niečo, čo my nevieme, inak načo by nám boli?“ Lia sa spýtala.

„Chceš povedať, že Haniel je vždy schopný vyriešiť akýkoľvek problém?“

Lia pokrčila plecami. „Nemala som veľa takých, o ktorých by som musela diskutovať.“

E-Z povedal: „Eriel je zbytočný. Vždy, keď som ho požiadala o pomoc, zadržal ju. Áno, dával rady. Povedal mi, aby som na to prišla sama.

„Ako keď ma naposledy zavolal, naznačil okolo nejakého sprisahania, alebo spojenia, tak to nazval.

„Keď som uhádol, o čo ide - o hranie hier -, že existuje spojenie, bol stále zbytočný. Kiežby to povedal. Tak či onak, potom sa môžem sústrediť na to, aby som z tejto situácie dostal svojich dvoch priateľov.“

„Chápeš, čo mám na mysli?“ Lia povedala. „Všetci archanjeli sú úplne zbytoční.“

„Haniel ti pomohol, keď si si poranila oči,“ pripomenul jej Alfred.

Lia sa k nemu otočila chrbtom.

„Dúfajme, že doktor mal pravdu a ráno budú obaja sami sebou,“ povedal E-Z. „To je všetko, čo môžeme urobiť.“

Keď teraz dorazili domov, vyšli na zadný dvor. Pozdravili sa s Malou Dorritkou, sledovali východ slnka a rozprávali sa o svojom ďalšom postupe.

E-Z si prešiel niekoľko vecí, ktoré ho trápili. V Bielej izbe ho povzbudzovali, aby si spájal súvislosti. Najnovšie mu ich Eriel pomohol zúžiť.

Prešiel si všetko, čo mu povedalo dievča v obchode. Ako brala rukojemníkov ako v hre. Ako nosila kostým, takže vyzerala ako lovkyňa odmien v hre.

Potom si prešiel detaily o chlapcovi pred jeho domom. Chlapec otvorene povedal, že ho hlasy v hre poslali zabiť E-Z a ak to neurobí, jeho rodina bude vyvraždená.

Potom sa zamyslel nad zapojením Eriela a ostatných archanjelov do procesov. Teraz do toho boli zapletení aj PJ a Arden.

Zatiahli by ich archanjeli do toho, aby sa dostali k nemu? Bola to jeho vina - za to, že bol príliš pomalý pri riešení hádanky, ktorú mu dali? Archanjeli povedali, že s ním skončili. Zrušili skúšky a on bol rád, že ich už nevidí. Prečo sa vrátili a snažili sa s ním nadviazať nové spojenie? Nemohla to byť náhoda.

Otvoril ústa, aby Alfredovi a Lii povedal, na čo myslí - namiesto toho opäť pristál v sile. Lenže tentoraz bol kontajner namiesto z kovu zo skla a on bol bez svojho kresla.

KAPITOLA 6
OBRÁTENOU STRANOU NADOL

E-Z bol zavesený hore nohami v sklenenej bubline a pozoroval zelenú, zelenú trávu zeme. Bol vysoko nad ňou a hlava ho bolela tak veľmi, že sa bál, že praskne a rozprskne sa po celej nádobe. Ale našťastie ho niečo držalo hore. Čo to bolo, nevedel.

Na rozdiel od ostatných prípadov, keď bol v sile, nebol zaistený (alebo jeho stolička nebola) pripevnená na mieste. Ďalšia vec, ktorá ho znepokojovala, keď takto visel dolu hlavou, bola, že neuvidí prichádzať Eriela. Ani by ho nemohol cítiť.

V okamihu, keď si spomenul na Eriela, nádoba sa posunula. Bál sa pádu. Chcel sa niečoho chytiť, ale okrem vzduchu sa nemal čoho chytiť. Objal sa okolo seba rukami. Potom pocítil pohyb. Sklenená komora sa otočila o stoosemdesiat stupňov v smere hodinových ručičiek. Hlava sa mu okamžite zlepšila, bola jasnejšia a on sa zameral na to, aby sa dostal von. Čím skôr, tým lepšie.

Príliš neskoro, vec sa posunula a potom sa otočila o ďalších stoosemdesiat stupňov. Vrátil sa tam, kde začal.

„Ahoj, Doody," vykríkol Eriel a pritlačil si tvár na sklo. Potom zaklopal a zaspieval: „Pusť ma dnu, pusť ma dnu."

„Dostaňte ma odtiaľto!" E-Z zakričal.

„Upokoj sa," zavrčal Eriel. „Si tu z dobroty môjho srdca. Chcela som ti osobne povedať: tvoji priatelia sú v nebezpečenstve."

„Myslíš PJ a Ardena?" Eriel prikývla. „No, to už viem! Ty veľký šašo!"

„Palice a kamene mi polámu kosti, ale mená mi nikdy neublížia," zaspievala Eriel.

„Ak ma odtiaľto nedostanete - hneď teraz -, tak vám urobím viac, ako dokážu palice a kamene!"

Eriel si poklepal kostnatým prstom po brade. Koniec koncov bol stále na pravej strane, čo bola výhoda oproti perspektíve, v ktorej sa E-Z nachádzal.

„Chcel som, aby si vedel, že aj keď sú tvoji priatelia v nebezpečenstve, nemusíš sa báť. Nie sú v superhrdinskom nebezpečenstve." Odmlčal sa. „Jeden vtáčik mi povedal, že si myslíš, že sa ti snažíme prešmyknúť ďalší proces... no nie je to tak. Nechaj ich osudu."

„Ako to myslíš, že nie sú v superhrdinskom nebezpečenstve?" E-Z zakričal.

Eriel zmizol a sklenená nádoba spadla. Mávol rukou, ustál sa. Opäť spadla. Takto to pokračovalo ďalej a ďalej, až si bol istý, že sa mu čoskoro rozbije lebka ako vajce na chodníku.

Potom uvidel Alfréda, ako na okraji trávnika okusuje trávu.

„Hej!" E-Z zakričal. „HEJ!"

Alfréd prestal jesť a prikráčal k nemu. Vychutnal si pohľad na svojho priateľa, ktorý visel dolu hlavou v sklenenej bubline.

„Čo tam robíš?" spýtala sa labuť trubač.

„Eriel!" E-Z zvolal.

„Dosť bolo rečí. Pôjdem zobudiť Sama. Dúfam, že bude vedieť, čo má robiť, aby ťa odtiaľ dostal."

„Dobrý nápad a popros ho, aby mi priniesol stoličku."

Kým čakal, E-Z sa preklínal. Premeškal príležitosť vyžiadať si od Eriela viac informácií. Správal sa ako obeť. Sklamal svojich dvoch najlepších priateľov.

Sformuloval plán. Keď sa odtiaľto dostanem, nájdem Eriela a prinútim ho, aby mi povedal, ako zachrániť PJ a Ardena. Donútim ho, aby prisahal, že ma už nikdy nedostane do takejto situácie.

Počkaj chvíľu. Keby PJ a Arden neboli v superhrdinskom nebezpečenstve. V akom nebezpečenstve boli? Potrebovali vôbec zachrániť? Alebo mal doktor Flannel pravdu, keď hovoril, že sa z toho dostanú a čoskoro budú opäť ako predtým?

Nepáčilo sa mu vyhlásenie „nechaj ich napospas osudu". Veril, že osud si tvoríme sami, a jeho dvaja priatelia boli v kóme. Nemohli si pomôcť, tak im chcel pomôcť on. Bez ohľadu na to, čo povedal Eriel.

Napokon vyšiel strýko Sam a v ruke sa oháňal veľkým nástrojom. „Je to rezačka na sklo," povedal. „Vedel som, že sa mi raz bude hodiť, keď som si ho kúpil v jednej z tých inforeklam v televízii. Hovorili, že dokáže prerezať sklo ako maslo. Uvidíme, či to bola falošná reklama." Rezal okolo dna. Pomaly. Opatrne.

„Hej, pohni sa, dusím sa tu! Ak vyjde slnko, usmažím sa."

„Trpezlivosť, chlapče," zabručal Alfréd.

„Už to skoro bude," povedal Sam. Kľačal na kolenách a posúval sa dopredu, keď fréza rozrezala dno nádoby. Kolená jeho pyžama medzitým sŕkali z oroseného trávnika. „Predpokladám, že Eriel má niečo spoločné s tým, že si tam?"

„Potvrdzujem."

Sam dokončil rez a pustil synovca, potom mu pomohol do vozíka.

„Vďaka, strýko Sam."

„Nemáš za čo. A teraz mi to vysvetli, prosím?"

„Som príliš unavený. A som príliš otrávený, aby som to vysvetľoval. Môžeme to, prosím, urobiť ráno?"

Slnko krvácalo do červena, ako sa predieralo k obzoru.

O niekoľko hodín by E-Z potreboval skontrolovať svojich priateľov. Dúfal, že budú v poriadku. Vrátili sa do normálu. Potom by už nad tým nemusel ani chvíľu premýšľať. Ak nie... ak neboli. No v každom prípade by bolo všetko lepšie, keď sa trochu vyspí.

„Môžem mu všetko vysvetliť," ponúkol sa Alfred.

„Čo o tom vieš? Musel som na teba kričať, aby som upútal tvoju pozornosť."

„Ach, videl som to celé. Čo si myslíš, že som tu robil? Čakal som, kým ma požiadaš o pomoc. Nechcel som rušiť tvoj čas strávený s Eriel.“

„Vyrušiť. Veľmi vtipné. Dobre, zasväť ho. Idem si trochu zdriemnuť. Som príliš unavená na to, aby som ešte premýšľala.“ Odviezol sa po rampe do domu a úplne oblečený padol do postele.

E-Z sa mu zdalo, že má siedme narodeniny. Jeho rodičia si prenajali krytý virtuálny herný park. Pozval dvanásť detí, takže ich bolo spolu trinásť a jeden tím musel mať hráča navyše. Keďže to bol jeho deň, zvolali tímy a posledný vybraný išiel do svojho tímu. Nazvali sa Ball Breakers, čiže lámači lôpt. Druhý tím, ktorý viedol Kyle Marshall, sa volal Bat Shitz.

„Nemôžeš používať takýto názov,“ pokarhal E-Z tím. „Je to prakticky nadávka.“

„Ach, tak si to ešte raz premysli,“ povedal Marshall. „Píše sa to Shitz. Sme pomenovaní podľa môjho psa. Je to Shitz-hu.“

„Poďme sa hrať,“ povedal E-Z.

PJ a Arden boli v E-Zovom tíme. Tím tornádovej trojice nakopával zadky tímu Netopiera Shitza, až kým neboli všetci príliš unavení na to, aby sa pohli.

„Podáva sa jedlo," zavolala E-Z-ova mama. Rodičia čakali v priľahlej reštaurácii. Objednali množstvo pizze, vedrá nealkoholických nápojov a nakoniec tortu obloženú sviečkami.

Deti spoločne opustili herňu. Onedlho si Arden uvedomil, že si tam nechal svoju bejzbalovú čiapku.

„Nemôžem ju tu nechať! Musím sa vrátiť!"

„Pôjdeme s tebou," povedal E-Z. „Daj mi chvíľu, aby som to povedal mame."

„Dám jej vedieť," povedal Kyle, ktorý bol neďaleko.

E-Z, PJ a Arden sa vrátili späť. Keď nemohli nájsť čiapku, pokračovali v chôdzi.

„Musí tu niekde byť!" Arden povedal.

„Určite som si nemyslel, že je to tak ďaleko," povedal E-Z.

„Tie supy zjedia všetku pizzu, kým sa vrátime," povedal PJ.

„Neboj sa, pani Dickensová nám nejaké jedlo schová. Vie, že sa dlho nezdržíme."

Chodba sa rozšírila do ďalšej budovy, na iné miesto. Pred nimi bola obrovská gilotína. Na vrchu, nad čepeľou, bola Ardenova čiapka. Na samotnej čepeli bol nápis. Stále z nej kvapkala červená farba alebo krv. Stálo na ňom: „Hlava ide sem."

„Snívame?" Arden sa spýtal. „Pretože, ja naozaj nepotrebujem svoju bejzbalovú čiapku až tak veľmi."

„Počúvaj. Hlasy," povedal E-Z.

Šepot, veľmi tichý, ale šepot. Najprv to bola osamelá žena. Potom sa pridala ďalšia, aby vytvorila duet. Potom sa pridala ďalšia a vzniklo trio. Šepot sa zmenil na spev.

„Nedokážem rozoznať žiadne slová," povedal PJ.

„Pšššš," povedal E-Z a priložil si prst k perám.

Ako hlasy spievali,

„B-link a si mŕtvy.

B-link a si mŕtvy.

B-link and you're dead, B-link and you're dead," na melódiu piesne Happy Birthday to you.

„To je strašidelné!" PJ povedal.

„Poďme naspäť," povedal Arden, keď sa dvere, ktorými prišli, zabuchli a po chodbe sa ozvali kroky.

Kroky boli čoraz hlasnejšie.

CLANK. CLANK. CLANK.

Reťazová pančucha. Blíži sa. Obuté nohy. Jeden vojak. Veľmi vysoká postava v kapucni. Nesie niečo strieborné: brúsku na nože.

Keď sa dostal k úpätiu gilotíny, postava v kapucni vytiahla z vrecka pero. Priložil ho k čepeli. Prešlo ním ako maslom. Napriek tomu pokračoval a nabrúsil ho ďalej. Kým ostrie brúsil, pod nosom si brumlal, akoby ho práca bavila.

„Akoby čepeľ gilotíny nebola dosť ostrá!" PJ zašepkal. „Dostaňte ma odtiaľto!"

Arden sa rozbehol k dverám a začal do nich búchať. „E-Z, musíš nás odtiaľto dostať! Musíš nám pomôcť! Prosím, pomôž nám!"

NAČÍTANIE SPRÁVY.

Na obrazovke sa objavili tváre PJ a Ardena. Vyslovili dve slová:

„UPOZORNITE JICH."

E-Z sa zobudil a počul, ako strýko Sam búcha päsťami na dvere svojej spálne. „Vstávaj, E-Z, nemôžeme nájsť Liu!"

Teraz, keď sa zobudil, si uvedomil, že sa s ním pokúšala skontaktovať. Aby ho informovala. Skontroloval svoj telefón. Prišla mu správa s aktuálnymi informáciami.

„Je to v poriadku," povedal E-Z, „je s PJ. Povedz Samanthe, že je v poriadku. Čoskoro musím ísť za ním a Ardenom. Kde je Alfred?"

„Je v záhrade," povedala Sam. „Dáš si pred odchodom raňajky?"

„Sendvič s grilovaným syrom by sa hodil. Vďaka.“

Keď sa E-Z obliekal, premýšľal o svojom sne. Chlapci sa s ním rozprávali prostredníctvom spoločnej udalosti, ktorú mali, keď mali sedem rokov. Musel zistiť, o čo ide. Varovať ich? Varovať koho presne? To bola určitá stopa, ale koho presne chceli, aby varoval?

Áno, bol si smrteľne istý, že sa mu snažia niečo povedať, ale čo presne? Opäť mal tajné podozrenie, že to všetko má niečo spoločné s Eriel.

Najprv zašiel do Ardenovho domu a ten chudák ako predtým ležal v posteli ako zombie. Keď E-Z s Alfrédom vošli dnu, bol pri ňom lekár.

„Aká je diagnóza?“ E-Z sa spýtal.

„Najprv odtiaľto odveďte tú hydinu!“ zvolal lekár.

Alfréd na protest húkol a potom sa odpotácal preč. Vonku chrúmal trávu a čistil si perie.

Doktor sa pozrel na pána a pani Lesterovcov: „Koľko toho chcete, aby ten chlapec vedel?“

„Toto je E-Z, je to jeden z Ardenových najlepších priateľov.“

„Ja viem, kto to je, videl som ho v televízii, ako zachraňuje ľudí.“

E-Z nevedel, čo má povedať, tak nepovedal nič, ale nepáčil sa mu prístup tohto doktora.

„Arden je v kóme."

„Áno, to som si myslel. Aha, takže kedy sa z nej preberie? Doktor Flanel v dome pre rukojemníkov - kde je PJ v rovnakom stave - povedal, že sa čoskoro vráti do normálneho stavu."

„To neviem. Jeho telo ho pred niečím chráni, takže sa prebudí, až keď na to bude dosť zdravý. Dovtedy by som navrhoval, aby s ním niekto bol dvadsaťštyri hodín sedem dní v týždni." Potom k Lesterovcom: „Možno by bolo najlepšie, keby ste obaja pracovali na tom, aby ste si najali ošetrovateľa. Môžem vám niekoho odporučiť. Ak môžete pracovať z domu, bolo by to najlepšie. O pár dní sa vám ozvem."

„O pár dní," zopakoval pán Lester.

Pani Lesterová vyviedla lekára z domu.

E-Z ju nasledoval. „Ak môžem pomôcť, urobiť službu po jeho boku, neváhajte a požiadajte. Idem teraz k PJ-ovi. Lia je už tam a napísala, že je na tom rovnako." "Čože?

„Informuj nás a pozdravuj PJovu rodinu."

„Urobím to," povedal E-Z, keď sa s Alfrédom opäť stretli. Obaja sa odlepili od zeme a leteli k PJovmu domu.

Keď leteli bok po boku, Alfred povedal: „Nebol som nadšený z toho doktora. Keď sa človek správa k zvieratám neláskavo... nedôverujem mu.“

„Rozumiem ti, ale on len robil svoju prácu.“

„My labute sme nespôsobili žiadnu pohromu ani... nevadí. Zabudol som na vtáčiu chrípku - ale tá sa stala kvôli ľuďom.“ "To je pravda.

Pristáli pri dome PJ, kde ich Lia čakala s otvorenými dverami.

„Ako to s vami dvoma vyzerá?“ spýtala sa.

„Dobre,“ povedal Alfred.

„Ach, je trochu mrzutý, lebo Ardenov lekár ho vyhodil z izby, ale ja som v poriadku, vďaka. A ty?“

„Ja som v poriadku, ale PJ-ovi rodičia strácajú rozum a nič nenasvedčuje tomu, že by sa mali zotaviť.“

„Zavolali lekára späť?“ Alfred sa spýtal.

„Nie. Dal im nádej, ale nič iné, hlavne to, že sa z toho dostane. Ale ja sa obávam, že sa mýli.“ Odmlčala sa a trochu sa začervenala.

„Aha, ešte jedna vec, keď som ho držala za ruku.“ Zahľadela sa na nich dvoch. „On, no, nie som si istá, či som si to predstavovala, alebo to naozaj urobil - ale zdalo sa mi, že mi ju stisol.“

„Ehm, vďaka, že si s ním zostala. Mali by sme sa s jeho rodičmi striedať, aby sa nikto príliš neunavil. Teraz môžeš ísť domov a stráviť nejaký čas s mamou. Asi sa o teba zaujíma." V žiadnom prípade sa nechystal spomenúť držanie za ruku.

„Tak ja odídem, keď to urobíš ty," povedala Lia, keď sa spolu vybrali do PJ-ovej izby.

Alfred, Lia a E-Z boli teraz s PJ-om sami.

„Včera v noci som mal zvláštny sen. PJ, Arden a ja sme boli na mojich siedmych narodeninách - ale veci sa nediali tak ako vtedy. Snažili sa so mnou komunikovať prostredníctvom udalosti, ktorú sme mali spoločnú, ale nie som si istá, čo sa mi snažili povedať."

„Povedz nám ten sen," povedal Alfréd. „A nič nevynechaj."

„Áno, povedz nám ho a my uvidíme, či ti ho pomôžeme vyložiť."

„No, začalo sa to normálne. Všetko bolo tak, ako v ten deň, až kým si Arden nezabudol bejzbalovú čiapku a my, my traja sme sa po ňu vrátili."

„Takže na tej skutočnej párty nestratil bejzbalovú čiapku?" "Áno.

„Nie, nestratil. V skutočnosti bol tou čiapkou tak posadnutý, že sme si ho často doberali, že ju má prilepenú na hlave. Takže to bola významná časť toho sna. A tam sme sa vracali do herného priestoru a zdalo sa, že chodba pokračuje oveľa dlhšie, ako keď sme z nej odchádzali.

Kráčali sme dlho. Rozprávali sme sa, ako sme to robili kedysi. Najprv sme si to neuvedomili, kráčali sme už dosť dlho. Arden zvažoval, že nechá čiapku tam, kde bola, lebo cesta k nej trvala tak dlho, ale rozhodli sme sa, že ju vezmeme. Povedal, že čiapka má preňho sentimentálnu hodnotu.“

„Zaujímavé,“ povedala Lia. „Vieš, prečo mal tú čiapku tak rád?“

„Nosil ju stále, pretože mal rád tím. Nikdy som netušila, že v skutočnom živote existuje nejaká iná sentimentálna náklonnosť ako k samotnému tímu. A v tom sne, v tej chvíli, až keď to povedal. Takže potom sa chodba rozšírila a ocitli sme sa vo veľkej vzdušnej miestnosti, akoby v sále. V strede miestnosti bola obrovská gilotína.“

„Čože! Aké zvláštne!“ Alfréd povedal.

„Je to trochu desivé,“ povedala Lia.

„Je toho viac. Na vrchu nad čepeľou bola Ardenova čiapka a pod ňou nápis, ktorý znel: Hlava ide sem.“

Lia a Alfred zalapali po dychu.

„Arden povedal, že už nie je taký nadšený z tej čiapky. A vtedy sa zotmelo a počuli sme ťažké kroky, ktoré sa k nám blížili. Topánky. Cvakanie reťazí alebo brnenia. Potom sa opäť rozsvietili svetlá, keď vošiel chlap s kapucňou na hlave. Išiel ku gilotíne a brúsil si nože, jeden po druhom.“

„Čo potom?“ Alfréd sa spýtal.

„Potom sa objavila obrazovka počítača, na ktorej bolo napísané LOADING, a naskočil vizuál tých dvoch. Povedali dve slová:

„VARUJTE TÝCHTO.“

„A čo potom?“ Alfred sa znova spýtal.

„Potom ma zobudil strýko Sam a spýtal sa ma, či viem, kde je Lia.“

„To nie je veľa,“ povedala Lia, “miloval tú čiapku? A koho by mal varovať?“

„Ardenov obľúbený tím bol a stále je Boston Red Sox. Čiapka bola preňho darček - autentická - nikdy by ju neopustil, nech by sa dialo čokoľvek. Napriek tomu zvažoval, že ju v tom sne nechá najmenej dvakrát.“

„Ale nemal dosť chuti strčiť hlavu do gilotíny, aby ju získal," povedal Alfred.

„Kto by bol!" Lia sa spýtala.

„Želám si, aby sme mohli použiť Ardenov počítač. Stavím sa, že je tam stopa. Stavím sa, že má nejaký súbor, niečo skryté, čo by som mohol nájsť. Možno práve o tom bol ten sen. A prečo mi dal tú stopu."

Lia si na internete skontrolovala, aký význam má sen s gilotínou v jej telefóne. „Píše sa tam, že predstavuje strach alebo úzkosť. Byť kvôli niečomu vyčlenený alebo v rozpakoch."

„Myslím, že mám nápad," povedal E-Z a prechádzal zoznamom kontaktov v telefóne.

„Počkaj chvíľu," povedal Alfred, "zavolaj Samovi."

„Máš pravdu, možno by som to mal najprv prebrať s ním." Rýchlo vytočil číslo Sama a vysvetlil mu situáciu. Sam povedal, že hneď príde k Ardenovi, že sa tam majú stretnúť.

„Je tu všetko v poriadku?" PJova mama sa spýtala. „Chceš niečo na pitie alebo tak?"

„Nie, ďakujem, ale strýko Sam ide k Ardenovi a my sa tam s ním stretneme. Pozrieme sa do Ardenovho počítača, zistíme, čo naposledy robil. Škoda, že PJov počítač je nefunkčný."

„To je šikovný nápad. Počuli sme, že Ardenovi rodičia zavolali aj lekára, pomohol im?"

„Nie, nepomohol."

„Budeme vás informovať, ak sa niečo dozvieme," povedala Lia, keď ohmatávala PJovo čelo.

„Si dobré dievča," povedala PJova matka. Potom odišla z izby a bojovala so slzami.

Keď prišli k Ardenovmu domu, vonku ich čakal Sam. Mal so sebou notebook, tašku plnú počítačových nástrojov a niekoľko ďalších kúskov.

Spoločne vošli dovnútra, kde Sam neďaleko postavil svoj vlastný počítač, notebook, zapojil ho na druhej strane miestnosti a potom si prezrel Ardenovu zostavu. Bol zapojený priamo do zásuvky. Bez ochrannej lišty proti netušeným prepätiam. Ešte že ju vždy nosil v taške.

Po zabezpečení ochrannej napájacej lišty do nej zapojil Ardenov počítač. Čakali - a nič sa nestalo. Považoval to za dobré znamenie, klikol na vypínač a Ardenov počítač ožil. Bolo potrebné zadať heslo. Heslo, ktoré nikto z nich nepoznal.

„Hádate?" Sam sa spýtal.

E-Z zadal Boston Red Sox. Skúsil Ardenovo druhé meno, ktoré bolo Daniel. Nebolo to dobré.

„Skús gilotínu," navrhol Alfred.

„Bingo!" E-Z povedal, že teraz už stačí len vyhľadať históriu.

„Nechajte ma," povedal Sam, keď klikal do nastavení a hľadal niečo nezvyčajné. Nebolo tam nič nezvyčajné.

„Čo urobil naposledy? Hral nejakú hru?" E-Z sa spýtal.

Keď Sam klikol, aby to zistil, lišta bez prepätia sa zapálila. Strýko Sam bežal po oheň, kým sa vrátil, E-Z ho už udusil dekou. „Dobre si to premyslel," povedal.

„Dúfam, že si to myslí aj Ardenova mama!"

„Chyť pevný disk!" Sam povedal, čo aj urobil, kým sa usmažil. „Teraz si to vezmeme so sebou a uvidíme, čo sa dá vidieť."

KAPITOLA 7
DISKUSIA

Keď sa vracali domov, E-Z stále myslel na správu „Varuj ich". Mohlo to byť niečo viac ako len sen?

„To by ma zaujímalo," povedal.

„O čom?" Sam sa spýtal.

E-Z vysvetlil o svojom sne a správe, potom pridal svoj nový nápad, aby zistil, čo si o tom myslia.

„PJ a Arden nastavili veci na webovej stránke tak, aby sme v budúcnosti mohli robiť podcasty. Rozmýšľam, či to mám použiť, keď zistíme, koho máme varovať. Určite by sme mohli osloviť veľa ľudí."

„To je skvelý nápad!" Sam povedal: „Ale nemali by sme si teraz vybudovať sledovateľov? Aby sme potom, keď budeme pripravení odovzdať varovanie, už mali nejakých odberateľov?"

„Čo by som povedal?"

„Porozmýšľajme o tom," povedala Lia. „A my vám budeme stáť po boku."

„Nevadí mi, keď budem hovoriť ja."

Keď teraz dorazili domov, vošli dnu.

KAPITOLA 8
BRANDY ŽIJE

Keď ho prvýkrát uvidela, bola to hudba, ktorú mali spoločnú. Hrala na klavíri, lepšie ako priemerne, ale nie výnimočne dobre. Jej učiteľ hudby povedal, že má prirodzené schopnosti - nech už to znamenalo čokoľvek. Vedela však zahrať len skladby, ktoré pre ňu niečo znamenali. Vtedy si ich zapamätala a vedela ich zahrať hneď. Nútenie hrať niečo, čo sa jej nepáči, však spôsobilo, že nenávidela chodiť na hodiny.

Zostala pri tom. Nútila sa, aj keď to nenávidela. Dúfala, že sa jej podarí pretlačiť sa do školskej kapely.

Jej rodičia chceli niečo ukázať za všetky tie hodiny, ktoré zaplatili. Trvali na tom, aby skúsila hrať v kapele - aby sa viac zapojila do školských aktivít.

„Bude to dobre vyzerať na tvojej prihláške na vysokú školu," povedal jej otec.

„Snaž sa čo najlepšie, to je všetko, čo od teba žiadame. Daj do toho všetko!" povedala jej mama.

Tohtoročný konkurz na strednú školu však nabitý talentovanými deťmi. Keď vstúpila do sály, na pódiu už vystupoval nadaný bubeník.

So spotenými dlaňami a tlčúcim srdcom sa posúvala po čiare. Rad študentov a učiteľov tlieskal a poklopkával prstami. Cítila, ako podlaha pulzuje pri každom údere.

Ako robot pokračovala v chôdzi po okraji posluchárne, až kým sa nedostala čo najbližšie k pódiu.

Teraz sa vykradla z dverí a odišla do zákulisia. Postavila sa k ostatným účinkujúcim na pódiu a tlieskala, akoby tam bola odjakživa.

Bol to geniálny plán. Všetci boli takí zaujatí jeho konkurzom, že si ani nevšimli, že sa zaradila do radu.

„Kto je to?" zašepkala dievčaťu v rade pred ňou.

„Pššššš!" odpovedali jej ostatní čakajúci účinkujúci.

Bubnoval ďalej, odetý v džínsoch, s blond vlasmi, ktoré sa mu hojdali a poskakovali. Potom sa naklonil bližšie k mikrofónu a jeho hlboký melodický hlas sa spojil s rytmom.

Prisunula sa trochu bližšie, a keď to urobila, všimla si svrbenie, ktoré tam predtým nebolo. Na dlaniach, rukách, nohách. Poškrabala sa a nenašla úľavu. V skutočnosti sa to ešte zhoršilo a čoskoro mala pocit, akoby jej pokožka horela. Potom sa jej zhoršilo dýchanie a spomalil sa jej tep.

„Upokoj sa," zašepkala nahlas aj v duchu.

Bolo to posledné, čo si pamätala, kým sa prebrala v idúcom vozidle.

KAPITOLA 9
O SPOLOČNOSTI BRANDY

Vozidlo sa rútilo po diaľnici. Ona sedela na zadnom sedadle. V koho aute bola? Nebolo to vozidlo, ktoré poznala.

Pokúsila sa posadiť; bolela ju hlava - akoby sa cez ňu rútil vlak. Na chvíľu zavrela oči a počúvala, snažila sa prísť na to, ako sa tam dostala. Samotné auto zvláštne páchlo, bolo nové a staré zároveň.

PFFT.

Ventilácia vylučovala zápach, z ktorého sa jej zdvihol žalúdok, a zvracala.

„Hej, pozor na interiér," ozval sa mužský hlas. „Je to koža, tá pravá." Zazvonil mu telefón a prehovoril doň cez mikrofón v priezore. „Áno, čoskoro tam budeme," povedal. Odpojil sa a potom zapol rádio.

Ruky mala zviazané, nie za sebou, ako to videla vo filmoch, ale pred sebou, tesne nad zapnutým bezpečnostným pásom. „Chcem ísť domov!"

„Čoskoro," odpovedal mužský hlas cez refrén Drakeovej melódie.

Po ceste, ktorá podľa nej trvala asi tridsať minút, zastavil na čerpacej stanici. Zamkol ju, potom za sebou zabuchol dvere a bez slova ju nechal samu.

Pozrela sa von oknom a usilovne sa snažila, aby sa znova nepozvracala. Jej únosca alebo únosca, nech už to bolo čokoľvek, vošiel dovnútra. Dúfala, že to nebol únosca, ktorý plánuje žiadať výkupné. Jej rodičia nemali peniaze, aby mohli zaplatiť za jej návrat. Sústredila sa na moment, keď si všimla, že dvere nemajú kľučky a tlačidlá na otvorenie okna nefungujú.

Na druhej strane auta, ktoré čerpalo benzín, uvidela chlapíka.

„POMOC!" zvolala a dala do toho všetko, čo mala. Vedela, že to môže byť jej jediná príležitosť.

Keď nereagoval, búšila zviazanými rukami do zatvorených okien. V tomto akváriu auta bolo ťažké vydávať akékoľvek zvuky. Obzrela sa a jej únosca sa vracal do auta a niesol so sebou plechovku popu a dve čokoládové tyčinky. Keď si sadol za volant, hodil jej cez plece čokoládovú tyčinku. Nemohla ju chytiť, neznášala tento druh, nehovoriac o tom, že nedávno zvracala.

„Som smädná," povedala.

„Čo chceš?" spýtal sa, potom vošiel dovnútra a takmer okamžite vyšiel s fľašou vody.

Odopol uzáver a vložil jej ju do rúk. Hoci ich mala zviazané, po niekoľkých pokusoch sa jej podarilo dostať trochu vody do úst. Z prednej časti jej trička kvapkala voda. Nevadilo jej to, zmylo to časť barfového zápachu.

„Ďakujem," povedala.

O chvíľu neskôr boli opäť na diaľnici. Zrýchlil, prešiel do rýchleho pruhu a jej bezpečnostný pás sa rozopol. Zmietala sa v zadnej časti auta ako jedna kocka, ktorá sa kotúľa bez smeru.

„Prestaň s tým, ty blázon!" povedal jej muž, keď sa pokúšala znovu si zapnúť bezpečnostný pás so zviazanými rukami.

Pneumatiky ako vodič bezohľadne zmenili jazdný pruh. Ostatní vodiči dupli na brzdy, aby sa mu vyhli. Potom zamieril na výpadovku. Prudko zabrzdil, zastavil. Vystúpil z predného sedadla, otvoril zadné dvere.

Bola pripravená s nohami namierenými k nemu a udrela ho celou silou v jednom veľkom obojstrannom kope. On padol na zem a ona bola von z auta, divoko utekala, keď do nej narazilo auto, potom ďalšie, potom ďalšie.

Vrátil sa do auta a uháňal preč.

„Hlúpe dievča!" zvolal.

KAPITOLA 10
BRANDY SI PAMÄTÁ

„Zasesa to stalo, však?" spýtala sa jej mama, keď pomáhala Brandy vystúpiť z nákupného vozíka. „Čo sa stalo tentoraz?"

„Prepáč, mami," povedala tínedžerka a zohla sa, aby si zaviazala topánku. Jej ruky boli teraz také príjemné, keď už neboli zviazané.

Jej mama sa zohla a zašepkala: „Bolo to rovnaké ako inokedy? Omdlela si?"

Vstala a pozrela smerom k dverám.

„Povedz mi to," povedala jej matka a posunula dcéru pred seba, aby boli blízko a nikto iný ich nepočul. Okrem toho v ich uličke nikto iný nebol.

„Bola som v škole, na konkurze. Jeden chlapec hral sólo na bicie a spieval. Bol naozaj výborný."

„A predpokladám, že aj zasnený?" spýtala sa jej mama.

Cítila, ako jej horia líca. „Srdce sa mi zrýchlilo, rozbúchalo, spotili sa mi dlane a cítila som sa zvláštne. Potom som si už len uvedomila, že som priviazaná na zadnom sedadle idúceho vozidla!"

„Zviazaná? V aute? V čom aute? Kto šoféroval? Kam ste išli?"

„Nepoznal som auto ani vodiča. S niekým sa rozprával, používal jeden z tých mikrofónov, čo sa dajú držať v ruke. Bol to dobrý vodič, kým nevstúpil na diaľnicu. Potom jazdil ako blázon a ja som sa tvárila, že sa mu rozviazal bezpečnostný pás. Keď zišiel z cesty a zastavil, kopol som ho tak silno, že spadol, a dal som sa na útek."

„Vďakabohu, že si ušiel. Zastavil niekto, aby ti pomohol? Dúfam, že máš ich číslo, aby som im mohol zavolať a poďakovať sa im."

Brandy neprehovorila, pretože si pamätala autá, jedno, dve, tri, ako do nej narazili, a ona zomrela. Znovu. A skončila v obchode s potravinami so svojou matkou, znova.

„Hovor so mnou," povedala Brandyina matka.

„Zomrela som - znova," povedala Brandy "a skončila som tu. Opäť."

Sadla si na zem, alebo skôr jej ochabli kolená a klesla na kolená. Jej matka ju nasledovala ako domino.

Sedeli spolu, držali sa za ruky a nehovorili.

KAPITOLA 11
BRANDY PRED

„Hurry up, Brandy!" povedala jej mama naposledy. Naposledy, keď jej jediná dcéra zomrela - a vstala z mŕtvych.

Keď väčšina rodičov musela ísť do obchodu s potravinami s deťmi na rukách - nemohli sa odtiaľ dostať dosť rýchlo.

Brandy nepatrila medzi tie deti. Dávala prednosť obchodom pred parkami, športom - väčšine všetkých aktivít. Vziať ju na nákup bol jediný spôsob, ako ju dostať z domu.

Nebola to úplne Brandyina chyba. Narodila sa so zriedkavou srdcovou chorobou. Tvrdili, že z nej vyrastie. Takže behanie a hranie sa s ostatnými deťmi pre ňu neprichádzalo do úvahy.

Preto si zamilovala nákupné stredisko, ale najviac zo všetkého milovala obchod s potravinami. A v uličkách s potravinami bolo vždy celkom pokojne. Až na jeden prípad, keď rozdávali DVD zadarmo. Brandy sa tak rozrušila, že nemohla dýchať, a museli ju urýchlene odviezť do nemocnice.

Vtedy mala tri roky.

KAPITOLA 12
BRANDY TERAZ

Keď mala jej dcéra štrnásť rokov, zdalo sa, že sa to stáva čoraz menej. Stále však premýšľala, čo sa stane, keď bude príliš veľká na to, aby sa zmestila do nákupného vozíka.

„Čo myslíš, prečo práve tu?" „Prečo vždy len ty a ja a tu?" spýtala sa Brandyina matka.

„To neviem, mami, ale jedno viem. Chcem nakupovať. Chcem si kúpiť jedlo a pitie a, idem. Ak chceš, zostaň tu, ja sa za chvíľu vrátim. Tu máš, zahraj si na telefóne Solitaire. Upokojí to tvoje nervy a nakupovanie upokojí moje."

Žena sedela na podlahe, zatiaľ čo vozíky prichádzali a odchádzali, a všetku pozornosť sústredila na hru Solitaire. Jej dcéra ju tak dobre poznala. Napriek tomu sa snažila netrápiť tým, koľko - nie ako málo - má povedať svojmu manželovi. Nepovedala mu to ani minule, keď jej zomrela dcéra, ani vtedy, ani predvlani. Povedala mu len to, že išli nakupovať a bolo to stresujúce.

„Som pripravená," povedala Brandy, vtedy, keď bola ešte malé dievčatko s rukami plnými cereálií a popových koláčikov.

Vtedy zamierili k samoobslužnej pokladni.

„Nechaj ma to urobiť, mami!"

To Brandy hovorievala vždy. Milovala sledovať, ako pokladník skenuje jednotlivé predmety. A boh im pomáhaj, ak sa skenovanie mýlilo.

Brandy a jej mama teraz skončili na celý deň a vrátili sa k autu. Brandy si sadla dopredu a pripútala sa. Vyrazili, len na chvíľu sa zastavili pri okienku, aby si dali dva horúce fondánové poháre.

„Dnes sme dostali naozaj výborné ponuky," povedala vtedy Brandy a zopakovala to aj teraz.

„Viem, že miluješ, ale aj tak by som si rada vypočula viac o tom tvojom, ehm, dnešnom incidente. Pamätáš si ešte niečo o tom, čo sa stalo? Musela si byť vystrašená, keď si bola sama v aute s cudzím človekom? Nechápem však, ako sa to stalo. Bol tento prípad iný ako tie ostatné? Povedala si, že v jednej chvíli si bola na konkurze do školskej kapely a v ďalšej si bola v aute?"

„Áno, čakala som, kým na mňa príde rad, aby som mohla vystúpiť spolu s ostatnými študentmi. Všetci sme počúvali chlapca na bicích. Bol neuveriteľný, spieval a hral. Blížil som sa k začiatku radu, keď vtom ZAP, bol som preč."

„Och, nepáči sa mi zvuk toho ZAP."

„Tak sa to stalo, mami. Najskôr ma svrbeli ruky, potom nohy, ruky." "A čo?

„Nepovedal si mi o tom svrbení predtým?"

„To sa stáva. Zvyčajne sa upokojím. Tentoraz nič nezabralo a, no, veď vieš, slovo na Z."

„Musím sa spýtať, ale nemyslíš si, že sa to možno stalo preto, že si sa chcel vyhnúť konkurzu? Mám na mysli samotný konkurz. Nie je to niečo, do čoho by sa ti veľmi chcelo."

Brandy zabubnovala prstami na rameno dverí. „Neskočila by som do auta s cudzím človekom, aby som sa vyhla konkurzu," povedala.

„Dobre, drahá," povedala jej mama a rozplakala sa. Povedala zlú vec - opäť. Vždy hovorila nesprávne veci, keď išlo o dcérinu... ako by to mala nazvať? Cestovateľské dobrodružstvá jej dcéry.

„To je v poriadku, mami.“

Chvíľu jazdili mlčky. Bolo to príjemné ticho.

„Chcem vedieť, ako ti mám pomôcť,“ povedala Brandyina mama. „Nabudúce...“

„Viem, že chceš, mami, ale nie si pri tom, keď sa to stane. Musím to zvládnuť sama.“

„Je nejaká vec, ktorá sa vždy stane - predtým, ako zmizneš?“

„Chcel by som si spomenúť, mami, ale tak ako minule, ani teraz si nepamätám.“ Pozrela sa von oknom a potom si prekrížila ruky.

„No, keď budeme doma, môžeš trénovať tréningy. Potom budeš na zajtrajší konkurz ešte lepšie pripravená.“

„Bol to len jednodňový konkurz. Takže tento rok nemám žiadnu šancu. Okrem toho, otec nemá rád, keď cvičím, najmä keď pracuje z domu. Hovorí, že ho z toho bolí hlava.“

„Ocko to tak nemyslí,“ povedala. „Porozprávam sa s ním. Veď ty chceš hrať na klavíri, ako zamestnanie, áno? Teda jedného dňa, keď skončíš školu. A ja zavolám tvojmu učiteľovi - požiadam ho o výnimku z pravidiel.“

„Chcela by som počuť, ako ten rozhovor prebiehal!" zasmiala sa. „Dobrý deň, pán Hopper, som Brandyina mama a moja dcéra, nuž, cestovala v čase, keď narazila do idúceho auta s cudzím mužom, a potom, zomrela. Takže, mohla by sa, prosím, zajtra zúčastniť na konkurze pre vás?"

„To je kruté," povedala jej matka. „Rozmyslela si si, či sa chceš venovať hudobnej kariére? Určite robia pre študentov stále výnimky?"

„Možno áno, ale mňa to netrápi. Že som to nestihla. Vždy je tu ďalšie ucho. Okrem toho by som chcela byť nakupujúcou, myslím, že preto sa vždy vraciam do obchodu s potravinami alebo s oblečením. Pamätáš si na ten jeden prípad?"

Jej mama prikývla.

„Po nakupujúcej klaviristka, potom učiteľka," povedala tínedžerka, rozpažila ruky a obhrýzala si nechty.

Matka sa na ňu pozrela: „Nerob to, miláčik. Hryzenie nechtov je také nehygienické." Brandy si sadla na ruky. „V takomto poradí?" povedala jej matka a zasmiala sa.

„Možno v opačnom poradí," zapišťala Brandy, keď vchádzali na príjazdovú cestu. „Ocko ešte nie je doma."

Použila automatické otváranie garážových dverí bez toho, aby dcére odpovedala. Áno, jej manžel opäť meškal. Každý večer sa vracal domov neskôr a neskôr. Hovoril, že práca ho zdržiava a núti ho pracovať navyše bez toho, aby platil nadčasy. Neznášala, keď sa nikdy nevrátil domov, aby videl Brandy pred tým, ako pôjde spať. Aspoň mali pripravené občerstvenie. Pripravila by jej večeru, usadila by ju v jej izbe. Takto by si s manželom mohli dať spoločnú večeru. Bol by to krásny večer, len oni dvaja.

„Vezmi tašky," povedala.

„Dobre, mami," odpovedala Brandy, keď vošli dnu.

KAPITOLA 13
AUSTRÁLSKE VNÚTROZEMIE

Chlapec z vnútrozemia na severe Austrálie žil v krabici. Mal dvanásť rokov, keď ho našli. Jeho telo bolo deformované, keďže sedel s vyklenutým chrbtom a kolenami hore - ako v škatuli. Aj keď ju rozbili a pustili ho von.

Nevedel hovoriť, alebo nechcel hovoriť. Až kým nezačal opäť dôverovať. Potom sa natiahol a jeho telo sa uvoľnilo.

Mal radšej tiché hlasy, šepkajúce hlasy. Hlasné veci, hlasné zvuky akéhokoľvek druhu ho desili. Triasol sa a uzatváral sa do seba. Hľadal a kričal: „Krabička!"

Držali ju tam, v rohu. Až kým ľudia v Sydney nepovedali, že sa nikdy nezlepší, ak ju nezničia.

Pomohol im to urobiť, a to kladivom, ktoré bolo takmer také veľké ako on. Keď ju rozbili na drobné kúsky, oči sa mu prevrátili v hlave a zmizol. Odišiel. Niekde v jeho mysli. Nedosiahnuteľný.

Nikto nevedel, kto je. Ani komu patril. Čo za rodičov by zavrelo svoje dieťa do škatule ako zviera?

Napriek tomu nebol vyhladovaný. Aspoň nie kvôli jedlu. A nebol dehydrovaný.

Čo znamenalo, že niekto bol nablízku. Čakali, rangeri, policajti, kým sa vrátia - ale nevrátili sa. Museli teda vedieť, že škatuľa v škatuli je vonku.

Tím psychológov mal v dome nainštalované kamery, takže mohli chlapca sledovať na diaľku zo Sydney.

Do pozorovania chlapca sa chceli „zapojiť" aj ďalší z celého sveta. Niektorí písali dizertačné práce o zneužívaní detí, o zanedbávaní. Prebojovali sa na vrchol zoznamu.

Chlapec sa kolísal sem a tam bez toho, aby povedal čo i len slovo. „Box!" bola jeho jediná snaha. Vedel však, čo sa deje. Počul, ako si šepkajú. Milionári, ktorí si ho chceli adoptovať. Nikam sa nechystal. Zostával na mieste. Toto bol jeho domov.

Chlapec, ktorý nikdy predtým nespal v posteli - alebo ak áno, tak si to nepamätal -, teraz v nej spať nechcel.

Namiesto toho sa zvinul do klbka a spal v rohu na podlahe. Využil vankúš a prikrývku, ktoré mu nechali. Tieto luxusné predmety zostali nedotknuté.

Kým sa rozhodli, čo s ním urobia, bola vymenovaná sestra. V Austrálii sa sestry nazývajú aj ošetrovateľky. V niektorých prípadoch je sestra aj sestrou (mníškou.) Aj sestra, ktorá je sestrou, môže byť bratom. Ak by spomínaná sestra/sestra bola muž.

Chlapcova Sestra/Sestra bola milá pani, ktorá vždy nosila vlasy zopnuté do drdolu. Nosila bielu uniformu so zladenými topánkami, ktoré vŕzgali pri každom jej kroku.

Keď sa ho prvýkrát pokúsila prehodiť cez deku, vykríkol, akoby ho napadol rozzúrený mrak.

„Tak, tak," povedala sestra. Pokrčila plecami a potom zdvihla prikrývku. Prehodila si ju okolo pliec a chlapec zalapal po dychu.

„Je mäkká," povedala.

Schúlila sa do nej. Privoňala si k nej.

„Je veľmi mäkká a teplá," zahundrala.

Chlapec natiahol ruku a dotkol sa okraja prikrývky. Pohladil ju, akoby bola stále na ovci, odkiaľ pochádzala.

„Chcel by si ju?" Sestra sa spýtala.

Dva dni odmietal, potom jej dovolil, aby mu ju dala okolo pliec. Potom s ňou spal, akoby to bola živá vec. Kolísal ho ako dieťa, šepkal mu. Nakoniec sa v ňom utíšil a nedovolil sestre, aby ho vzala alebo umyla.

Štvrté ráno chlapcovej slobody sa vonku na trávniku pred pozemkom začali zhromažďovať zvieratá. Najprv prišla samička klokana. Vyskočila na spodok schodov na verande, potom si sadla na zadok a sledovala dvere. Potom prišla emu a urobila to isté. Potom prišla straka, kakadu a gala. Vtáky sa striedali v speve a ich hlasy akoby volali chlapca von z dverí. Predtým nemal chuť otvoriť dvere ani z nich vyjsť von. Keď však uvidel zvieratá a vtáky, bez váhania im vyšiel v ústrety.

Sestra ho pozorovala spoza sieťových vchodových dverí. Nemala rada psy, mačky ani vtáky - v skutočnosti ju desili -, ale tieto divé zvieratá ju desili. V prípade potreby by sa odvážila vyjsť von. Dúfala, že jej čoskoro pošlú niekoho na pomoc.

Chlapec sa postavil na verandu a nadýchol sa vzduchu. Široko roztvoril ruky, širšie, a potom si naplnil pľúca vonkajším vzduchom. Nenásytne ho vdychoval.

Sestra, ktorá si želala, aby bol jej vlastným synom, sledovala, ako sa mu v malom tele rozširuje hruď.

Potom sa to stalo.

Chlapec začal stúpať, akoby bol balónom, ktorý sa vznáša, lenže nebol balónom a nebol na šnúre - bol malým chlapcom.

Sestra vybehla von. Mala ho rada - a on jej unikal. Za ňou sa rozleteli dvere na paraván.

„STOJ!" zvolala a natiahla po ňom chápavé prsty.

Keď sa chlapec vytratil. Jeho malé nožičky sa dvíhali. Odnášali ho von, ďalej. Ako ho tri vtáky niesli, ďalej a ďalej.

Chytila ho, ale bol už príliš ďaleko. A tak sledovala, ako klokania matka zdvihla oči.

A chlapec klesol na matkine plecia. Tá si sadla do výšky, s rukami okolo kohútikovho krku, a odskočila. Popri nich držal krok emu.

Sestra nevedela, čo má robiť - bežala dovnútra po kľúče od auta. Naštartovala motor a nasledovala chlapca, kým ho už nevidela.

Chlapca, ktorý kedysi žil v škatuli, vzali zo sveta ľudí. Odišiel do sveta, kde sa zvieratá starajú o svojich vlastných. A toto dieťa bolo jedným z nich. Bolo jeho rodinou.

A chlapec spieval piesne hlasmi, ktoré poznal z hĺbky svojho vnútra. A nahlas sa smial a bol šťastný, keď sa nechal unášať, na miesto vo svojom srdci. Na miesto, kde bol tým, čím mal vždy byť.

KAPITOLA 14
OSAMELÝ CHLAPEC

V zakázanom japonskom lese sa ozval detský plač. Vtáky sa zhromaždili, pridali sa k piesni a zosilnili žiadosť osamelého chlapca o pomoc. Priletela sova Scops a ostatné vtáky vyplašila. Sedela neďaleko, strážila a čakala.

Ozval sa alarm auta. Jeho kvílenie prehlušilo výkriky dieťaťa. Bolo v detskej sedačke. Takej, ktorá bývala na zadnom sedadle auta.

„Cvak, cvak," a autoalarm sa zastavil, dosť dlho na to, aby vodič počul slabý plač dieťaťa. Spolu s manželom sa ponáhľali do lesa, kde našli dieťa, ktoré bolo vystrašené a úplne samo. Spoločne ho utešovali.

Niekoľko voskoviek zostalo stáť a pozorovalo ho. Vyhodnocovali situáciu. Šuchotali perím a štebotali. Akoby v priamom prenose hlásili záchranu dieťaťa.

Žena odopla dieťa. Držala ho pri sebe a kládla mu otázky, na ktoré bolo príliš malé. Otázky ako: „Kde je tvoja Haha, Ko? Kde je tvoj Otosan?" (V preklade: Kde je tvoja matka, dieťa? Kde je tvoj otec?"

Jej manžel prehľadal okolie. Zavolal. Keď nikto neodpovedal, hľadal znamenia. Stopy dospelých. Žiadne nenašiel.

„Žiadne stopy," povedal a neveriacky krútil hlavou. Pre neho les nebol obľúbeným miestom. Mal radšej mestá a hluk. Bol to on, kto omylom spustil alarm auta. Dúfal, že jeho žena bude chcieť odísť. Sľúbil jej obed v jej obľúbenej reštaurácii. Vtedy počula dieťa a utekala do lesa.

V záujme jej bezpečnosti nasledoval svoju ženu. V meste sa vyhýbali oblastiam, kde by mohli číhať predátori. Nič netušiacich, dôverčivých ľudí - ako bola jeho žena - vlákať do nebezpečenstva.

Les, tento konkrétny les, žil zvukom. Živý, plný svetla. A dieťa, to dieťa nemohli opustiť.

„Poďme," povedal. „Vezmeme ho do nemocnice, aby sme sa uistili, že je v poriadku, a oni môžu preveriť na polícii, komu patrí."

Držala dieťa blízko pri hrudi a rukou mu prechádzala po chrbte, ako by to robila matka s vlastným dieťaťom.

V jej mysli bol práve tým, jej dieťaťom. Dieťa, ktoré nikdy nemohla mať, ktoré ju volalo a ona prišla do zakázaného lesa a vyžiadala si ho.

„Je môj," povedala najprv vyzývavo, potom už jemnejšie, "teda náš. Naše dieťa. Syn, ktorého si vždy chcela."

Jej manžel sa pozrel na chlapca. Potreboval ich. A bol príliš malý, príliš mladý, aby si pamätal niečo predtým. Už im dôveroval. Nikto sa to nedozvie, pomyslel si. A predsa, bolo to správne, vziať si toto dieťa za vlastné?

„Nikto by sa to nedozvedel," povedala jeho žena, akoby mu čítala myšlienky.

Po dvanástich rokoch spoločného života sa to stávalo často. Mysleli si podobné veci. Hovorili v rovnakom čase. Dokončovali si navzájom vety.

Boli milujúci a stabilný pár. Spoločne mali dieťaťu čo dať. Napriek tomu im osud nedoprial žiadne vlastné.

Podala dieťa manželovi a čakala.

Vtáci nad ňou videli, ako sa jej chvejú ruky. Spievali a povzbudzovali ju, aby si dieťa vzala. Pomáhali mu rozhodnúť sa, že dieťa je teraz ich.

Už si ho nárokovala vo svojom srdci a vo svojej duši. Tak to urobil aj jej manžel, ale on sa zmietal medzi sebectvom. Chcel urobiť správnu vec, nie sebeckú.

„Chcel by si ísť bývať k nám?" spýtal sa dieťaťa.

Hoci neodpovedalo, všetci traja sa vrátili na parkovisko. Chlapca položili doprostred zadného sedadla, ďalej od airbagov.

Vtáky a sova prikývli a potom odleteli do lesa.

KAPITOLA 15
ŽENA

Stará žena sa hojdá na stoličke,sem a tam, sem a tam. Jej spomienky sú prchavé ako oblaky. Často sú mimo dosahu.

Do vnútra sa nasťahuje zmätok. Čoskoro všetko v jej mysli nahradí ničota.

Demencia si nevyberá svoje obete podľa prianí alebo potrieb chorého. Jej cieľ - zmiasť. Odcudziť sa. Vymazať.

Čelila tomu, až kým sa jedného dňa všetko nezvrátilo.

Tak to teraz nazývala, topsy-turvy. Alebo skrátene T/T. Druhá vec bola zlá, čoraz horšia. Ale topsy-turvy znamenalo, že nie je blázon, a čo viac, znamenalo to, že nie je sama - už nie.

Vo svojej mysli videla všetko. Niekedy sa to dialo v spomalenom zábere, akoby klikla na tlačidlo na diaľkovom ovládači. Niekedy sa scény prehrávali znova a znova, dozadu, dopredu, v slučke. Inokedy bola uprostred diania a pozorovala ho z prvej ruky ako reportérka.

Keď sa to stalo po prvý raz, bála sa, že sa jej niečo stane alebo ju niekto zabije. Bola svedkom niekoľkých vecí, pri ktorých sa jej kučeravili vlasy. Ale keď si uvedomila, že tí okolo nej ju nevidia ani nepočujú, vtedy sa dokázala uvoľniť. Okrem archanjelov vedeli, že je tam, ale nedali o jej prítomnosti vedieť ostatným.

Ako vtedy, keď jej myseľ odletela do Holandska. Usadila sa a pozorovala to malé dievčatko. Vykričala sa, keď dieťa stratilo zrak. Cítila sa bezmocná, pretože nedokázala urobiť nič iné, len sa pozerať. Aj to sa časom zmenilo.

Potom sa Lia a E-Z spriatelili a k nim sa pridala labuť Alfred. Pozorovala ich, počúvala. Cítila sa ako neviditeľný, nepočujúci člen ich tímu. Sledovala, ako spolu pracujú a ako sa z nich stávajú pevní priatelia.

Potom zrazu v duchu prehovorila k Lii a dievčatko jej odpovedalo. Rozálii sa otvoril úplne nový svet.

Spočiatku bola ich konverzácia trochu obmedzená. Aj keď medzi nimi bol veľký vekový rozdiel, mali niektoré veci spoločné. Napríklad ich lásku k baletu.

Odkedy archanjeli zmenili pravidlá, Rosalie ešte viac sledovala Trojku. Napriek tomu jej tieto výmeny názorov nestačili na to, aby ju vyzvali, aby zamestnali jej myseľ.

Vtedy Rosalie objavila Iných. Deti s jedinečnými schopnosťami v iných častiach sveta - a ona sa s nimi mohla rozprávať.

Najprv to bola Brandy, tínedžerka, ktorá žila v USA. Potom prišla komunikácia od Lachieho, známeho aj ako Chlapec v škatuli. Tretím, ale nie posledným, bol Haruto, ktorý žil v Japonsku. Haruto bol najmladší z celej partie. Všetky tri deti mali schopnosti. A ona bola jediným spojovateľom.

Zatiaľ ju Lia udržiavala v spojení s Alfrédom a E-Z, ale čoskoro im bude musieť povedať o všetkých ostatných.

Rosalie sa zachvela, keď prišli ošetrovatelia s jedlom. Červené želé. Jej obľúbené. Zjedla ho ako prvé, keď si naň naliala trochu smotany. Smotany, ktorá mala ísť do jej kávy.

V duchu poďakovala dievčaťu, ktoré jedlo donieslo, pretože Rosalie nemohla hovoriť. Nebola schopná hovoriť. Jej jediným spôsobom komunikácie bola myseľ...

Privolať Trojku, aby ju navštívila v Rezidencii pre seniorov, sa nezdalo ako správna vec. Zatiaľ ju nechala Lia ako tajomstvo a o Brandy, Lachie a Harutovi si robila poznámky a zapisovala ich do knihy.

Musela by ju však ukryť, pred archanjelmi. Viedla by si tajnú zložku. Nech sa dialo čokoľvek, nemienila stratiť prehľad o týchto deťoch.

„OH!" zvolala a siahla do hornej zásuvky nočného stolíka vedľa svojej postele. Spomenula si na darček. Zápisník, Na prednej strane bolo napísané: „Všetko najlepšie k narodeninám!"

Načmárala doň niekoľko prvých strán. Nevytvorila žiadne skutočné slová, a keď sa dostala na trinástu stranu. Trinástka pre ňu vždy bola šťastným číslom, začala písať o Brandy, Harutovi a Lachiem. Bolo toho toľko, čo mala napísať. Keď ju zabolela ruka, prestala, chvíľu si ju ohýbala a potom sa hneď vrátila k písaniu.

Rosalie premýšľala, či okrem týchto troch nových detí existujú aj iné. Keby chvíľu počkala, možno by sa jej tiež prihovorili. Bolo by lepšie prezradiť jej tajomstvo, keď sa všetky deti odhalili.

Rosalie si dávala pozor, aby na vonkajšiu stranu knihy nenapísala „Tajné" alebo „Súkromné". A bola rada, že k nej nebol priložený kľúč. Tieto tri veci by spôsobili, že každý, kto by zápisník uvidel, by si ho chcel prečítať. Boli by zvedaví ako mačka. V jej veku bolo veľa ľudí, ktorí boli zvedaví. Ale nechceli by čítať, keď by videli prvých trinásť neporiadnych strán.

Prelistovala až na koniec knihy. Rosalie vyplnila posledných trinásť strán ešte neporiadnejším rukopisom. Potom vrátila knihu aj s perami späť do zásuvky a zavrela ju.

Usmiala sa, oprela sa o vankúš a oprela si ruku a premýšľala o večeri. Hlavne o dezerte.

KAPITOLA 16
KDE BUDETE STÁŤ?

J etu jeden svet, v ktorom žijeme, svet, ktorý je plný dobrých aj zlých ľudí. Svet ovládaný ľudskými bytosťami, ktoré sú chybné a nedokonalé. Ľudia, ktorí nie sú robotmi... Nie sú naprogramovaní na to, aby boli dobrí alebo zlí.

Učíme sa náš život, z toho, čo vidíme, čo si všímame, čo nás učia a čím sa stávame.

Učíme sa zo základov, ktoré nám boli položené. Ako rastieme a rozširujeme si obzory, musíme sa rozhodovať.

Je na nás, či naučené vedomosti použijeme. Aby sme si vybrali medzi zlom a správnym.

V priebehu vekov sa veľkí ľudia nechali oklamať. Veľkí a mocní ľudia. Dokonca aj dospelí.

Niekedy je rozhodnutie jednoduché. Bez šedých zón. Niekedy nás vedú sily, ktoré sa vymykajú našej kontrole. Iné, ktoré nás tlačia, aby sme sa riadili ich etickým kódexom. Niekedy sú tu neočakávané prvky.

Povedzme, že sme na ceste a niekto nám postaví prekážku. Môžeme ju odstrániť alebo sa zastaviť a počkať, kým ju ten človek odstráni. Môžeme si vybrať.

Život je o voľbách. Rozhodnutia, ktoré urobíme, nás môžu nalinkovať na celý život. Ideme po tej ceste, na ktorej sú položené tehly z našich dobrých rozhodnutí.

Alebo sa môžeme nechať zviesť na scestie. Oklamaní. Oklamaní, aby sme išli proti tomu, čo vieme, že je pravda.

Keď sa to stane, všetko sa môže zrútiť - ako domino.

A naše konanie - alebo nekonanie - bude mať následky. Nielen pre nás. To, čo robíme, ovplyvňuje aj ostatných.

A nakoniec, po našej smrti, nás všetkých chytia a držia v náručí naši Lovci duší.

Fúrie - tri zlé bohyne - preberajú kontrolu nad lapačmi duší.

Lapače duší sa dostávajú do vysokého stavu.

Duše lietajú bez domova.

Duše bez domova.

Chaos je na obzore.

Kde budeš stáť ty?

KAPITOLA 17
ROSALIE V BIELEJ IZBE

Rosalie otvorila oči. Bol čas na jedlo a ona si vyžiadala podnos s raňajkami. Jej izba bola na ceste do jedálne. Keď tam nosili jedlo, cítila vôňu slaniny. V ústach sa jej z toho zbiehali slinky. A káva. Čakala, kým na ňu príde rad. Nemala inú možnosť, len čakať, kým na ňu príde rad.

Vedela, že obyvateľov radšej kŕmia v jedálni. Chápala, že je potrebné dodržiavať časový harmonogram. Napriek tomu vedela, že sa na ňu dostanú - nakoniec. V domove dôchodcov, v ktorom žila, sa na ňu vždy dostali.

Pozorovala kardinála na strome za oknom a uvažovala, že vstane z postele, aby sa naňho pozrela zblízka. Keď však odhrnula prikrývku a zostúpila na koberec - cítila sa zvláštne. Rozmazane.

A pristála v Bielej izbe.

Odkedy tam bol E-Z, nič sa nezmenilo. A Rosalie netrvalo dlho, kým sa zorientovala a začala skúmať.

Keď prechádzala prstami po policiach s knihami, mala pocit déjà vu. Bola v tejto miestnosti už niekedy predtým?

Presunula sa do stredu miestnosti a otočila sa. Police s knihami pokračovali ďalej a ďalej. Kam až oko dovidelo. Z ich výšky sa jej točila hlava a túžila si sadnúť a nadýchnuť sa.

BINGO

Objavila sa pohodlná stolička a ona do nej padla. Oprela sa, potom si uvedomila, že má kolieska a môže sa otáčať, a otočila ho. A otočila ho. Potom zavrela oči a odpočívala. Bola rada, že ešte neraňajkovala, pretože sa jej trochu zdvihol žalúdok, keď sa nad ňou niečo pohlo.

Alebo sa jej to len zdalo.

„Ty tam!" zakričala a ukázala na nič a na nikoho. „Videla som, ako sa hýbeš, ty, ty malý… nech už si čokoľvek, vyjdi von, vyjdi von," prehovárala ju.

Rozhodla sa, že si to vymyslela; vrátila sa k skúmaniu okolia. A premýšľala, ako sa ocitla na tomto mieste.

„Som späť vo svojej izbe a predstavujem si, že som na tomto mieste?" Nechtami sa zarývala do opierky kresla. Sledovala, ako do koženého povrchu vyškrabávajú stopy. Boli to ľahké škrabance, dosť ľahké na to, aby sa dali odstrániť malým trením. Koniec koncov bola hosťom a hostia by sa mali vždy starať o miesto, ktoré navštívili. Inak ich už nepozvú späť.

Nad ňou sa opäť niečo pohlo. Tentoraz to sprevádzal zvuk mávajúcich krídel. Bol tam hore uväznený vták, ktorý sa nemohol dostať von?

„Už idem, maličká," povedala, vstala a vykročila k rebríku.

Drevená konštrukcia, akoby jej vedela čítať myšlienky, sa kotúľala po podlahe a zastavila sa pri jej nohách.

„Naskoč!" povedala.

Rosalie to urobila a až keď sa sama pohla, uvedomila si, že tá vec k nej prehovorila.

„Ehm, ďakujem," povedala, keď sa to zastavilo.

„Nemáš za čo," povedal rebrík. „Hľadáte nejakú konkrétnu knihu?"

Rosalie sa zasmiala. „Zdalo sa mi, že som počula vtáka. Pššš."

Rebrík sa zasmial. „Tu nie sú žiadne vtáky, madam. Zvuk, ktorý počujete, pochádza z kníh."

„Knihy s krídlami?" ‚Áno,' odpovedal rebrík. Potom: „Ty tam! Poď sem!"

Rosalie sledovala, ako sa hrubá čierna kniha tlačí na okraj police. Potom jej z prednej a zadnej strany vyrástli krídla. Keby leteli dolu a pristáli v Rozáliiných rukách.

„Panebože!" povedala a pozrela sa na chrbát. „Myslím, že toto som už čítala."

DWOING.

Kniha sa jej vytrhla z rúk a vrátila sa na pôvodné miesto na polici.

„Je mi to ľúto," povedala Rosalie. Potom k rebríku: „Dúfam, že som pána Dickensa neurazila."

„Ak ste so mnou už skončili," povedal rebrík, "môžem vám navrhnúť, aby ste zoskočili?"

„Je mi ľúto, že som strácala váš čas," povedala.

„To ste neurobili. Som rada, že som vám mohla poslúžiť."

Rosalie zostúpila a rebrík sa rozbehol na druhú stranu miestnosti.

Rosalie si nahmatala čelo, nie, nebola rozhorúčená. Hladina cukru v jej krvi musela klesnúť príliš nízko. A teraz by sa nedostala k jedlu, nie celé hodiny. A tá zlodejka Agnes Lindsay by jej ukradla raňajky. Vkradla by sa do jej izby a zjedla by z nich každý kúsok. Keď sa ošetrovatelia vrátia po podnos, budú si myslieť, že ho Rosalie zjedla. Rosalie a Agnes boli úhlavné nepriateľky.

Aby Rosalie nemyslela na svoj kručiaci žalúdok, sústredila sa na knihy. Konkrétne na jednu knihu. Na knihu, ktorú rada čítala stále dokola, keď bola malá. Volala sa Anne of Green Gables by, by... Nemohla si spomenúť na meno autorky.

„Lucy Maud Montgomeryová," povedal rebrík, keď sa k nej prirútil. „Naskoč si," povedal.

„Ach, ďakujem za ponuku, ale som príliš hladná a možno aj príliš závratná, aby som na teba vyliezla."

„Posaď sa," povedal rebrík, "tam." Potom rebrík zapískal a vysoko na policiach sa pohla kniha. Na prednej a zadnej strane jej narástli krídla a vletela Rozálii do rúk. Objala si ju na hrudi.

„Ďakujem," povedala.

„To je všetko?" spýtal sa rebrík.

„Áno, ak nemáte niekde v tejto miestnosti ukryté náhradné okuliare na čítanie."

BINGO.

Objavili sa jej okuliare a sedeli jej dokonale rovno na nose.

Rebrík sa vrátil na svoje pôvodné miesto.

Rosalie boleli členky.

BINGO.

Pod nohami jej vyskočil stojan.

Otvorila knihu. Vnútri bol nákres menovkyne knihy Anny Shirleyovej. Prstom prešla po obrysoch červených vlasov malého osirelého dievčatka.

Anne žmurkla na Rosalie. Tá žmurkla a potom sa usmiala na oplátku. O interaktívnych knihách už počula, ale táto bola úplne výnimočná!

Roztrasenými rukami rozložila mapu Kanady, Očami sledovala šípky, ktoré viedli na Ostrov princa Eduarda. V duchu prešla celú vzdialenosť - a dorazila do Green Gables. Pred domom stáli Cuthbertovci. Čakali na Annu.

Otočila stránku a pustila sa do čítania. Smiala sa pri každej nepríjemnosti, do ktorej sa Anne dostala.

Potom Rosalie zakručalo v žalúdku a ona si zaželala niečo veľmi neskoré. Želé šalát. Niečo, čo jej mama robila pri zvláštnych príležitostiach, keď bola ešte malá. Najradšej mala šľahačku na vrchu.

BINGO.

Pred sebou mala dúhový želé šalát s kopčekom šľahačky na vrchu. Myslela si, že lyžica a

BINGO.

Objavila sa jedna. Potom si však spomenula, ako by jej mama s otcom vynadali, keby dezert zjedla ako prvá. Pomyslela na zemiakovú kašu. Horúce ako para s roztopeným maslom na vrchu. A mäsovú sekanú s kečupom. A hrášok čerstvo natrhaný v záhrade.

BINGO.

Pred sebou mala obrovskú misu zemiakovej kaše. Po stranách sa roztopilo maslo. Bolo to umelecké dielo. Vyzeralo to takmer príliš dobre na to, aby sa to dalo zjesť.

Vedľa nej bol štvorec sekanej s kečupom na vrchu.

A v samostatnej miske hrášok. S vetvičkou mäty na vrchu.

Usmiala sa. Ako malé dievčatko nemala rada, keď sa jej jedlá dotýkali. V tejto miestnosti kuchár vedel, čo má rada.

Ale kuchár jej zabudol dať jedálenské náčinie. Predstavila si nôž a vidličku.

BINGO.

Aj tie prišli. Nenásytne jedla. Pozor, aby nepoškodila Annu zo Zeleného štítu. Kniha cítiaca potrebu ochrany vyletela a vznášala sa vo vzduchu, kde na ňu Rosalie mohla ľahko dosiahnuť.

Rosalie zjedla všetko vrátane želé šalátu, ktorý sa na lyžičke pohupoval.

Keď dojedla

BINGO

riady, príbory atď. zmizli.

Po niekoľkých chvíľach vďačnosti za jedlo, ktoré dostala, sa pozrela na knihu.

Ak k nej priletela, pokračovala v čítaní.

Čítala a čakala.

Na čo alebo na koho čakala - to nevedela.

KAPITOLA 18
CHARLES DICKENS

V anglickom meste Londýn spadol z oblohy kovový kontajner.

Samotný kontajner nebol dlhý ani podobný silám. V skutočnosti sa najviac podobal na kapsulu. Rozdiel bol v tom, že tento predmet mal štvorcový tvar a nemal okná. Namiesto okien bol zo všetkých strán zrkadlový. Keďže bol plochý, keď dopadol na vodu, šmýkal sa po nej obrovskou silou. Pristála na brehu Temže.

Všetko to sledovali dvaja detektoristi, ktorí sa volali John a Paul. Obaja muži mali okolo tridsiatky. Zarábali si na živobytie z detektorovania. Preto boli považovaní za profesionálnych detektoristov.

Pracovný čas detektoristov bol rôzny. Boli samostatne zárobkovo činní a zodpovedali za údržbu a správu svojich nástrojov.

Detektorista potreboval mnoho nástrojov. Nechcel sa dostať na vykopávky nepripravený. Väčšina z nich so sebou všade nosila škatuľu s náradím. Vo vnútri sa nachádzali základné predmety. Spomeniem len niektoré: slúchadlá, návleky proti dažďu, postroje, kopacie náradie, lopatky, opasok na náradie, zástera (s vreckami,) nepremokavé vrecko, batoh, vrece na odpadky.

Väčšina Johnových a Paulových výkopov sa nachádzala v Londýne, na Temži. Podľa požiadaviek zákona mali so sebou povolenia Standard a Mudlark. Udeľoval ich londýnsky prístavný úrad.

Povolenie im umožňovalo v prípade potreby kopať do hĺbky 7,5 cm (rebrík bol potrebný bez ohľadu na to, či ste mali v úmysle kopať, alebo nie).

V prípade štvorcového predmetu - ktorý pristál pred nimi - bolo potrebné sa zamyslieť. Predtým, ako ho priniesli a vzniesli naň nárok.

„Chceš sa naň pozrieť zblízka?" Paul sa spýtal.

John, ktorý toho veľa nenahovoril, prikývol.

S náradím v ruke sa predierali dopredu. Ich wellingtonky škrípali a čvachtali, každým krokom vytláčali blato a vodu. Breh rieky bol po niekoľkodňovom vytrvalom daždi často veľmi blatistý.

„Claim!" Paul povedal.

„To je fér," povedal John.

Hoci to obaja videli presne v tom istom čase, vedel, že sa hlási aj v jeho mene. Boli partneri, vždy boli a nič by na tom nezmenilo.

Obaja sa predierali ďalej, kým k nemu nedošli. Bola ako štvorcová zrkadlová guľa, a keď sa ju pokúšali preskúmať, videli v nej len svoje vlastné odrazy.

„Potrebujem ostrihať," povedal John.

Paul sa vysmieval, keď sa špičkou topánky dotkol jeho boku. „Musí existovať spôsob, ako ju otvoriť," povedal.

„Je príliš veľká na to, aby sme ju mohli prevrátiť," povedal John, keď vytiahol z vrecka meter a zmeral výšku jednej strany. Ukázal Paulovi výsledok, ktorý znel: 60 centimetrov.

Obišli objekt. Sem-tam sa zastavili, aby si ťukli, ťukli. Dávali pozor, aby na zrkadlový objekt neotlačili špinavé odtlačky prstov. Ale dúfali, že sa dotknú tajného tlačidla a otvoria ho.

A počúvali. Aby sa uistili, že netiká.

„Možno by sme to mali odniesť do múzea alebo nahlásiť náš objav?" Navrhol Paul. „Poslali by so sebou nákladné auto alebo žeriav, ktorý by ho zdvihol a previezol. Potom, čo sa na ňu pozrú pyrotechnici.“

John pokrútil hlavou.

„Ak sem pošlú pyrotechnikov, vyhodia to do vzduchu. Všade bude rozbité sklo a naše tvrdenie bude zbytočné.“

„Pravda, pravda,“ povedal Paul. „Títo chlapi radi vyhadzujú veci do vzduchu. To je predsa výhoda, nie?“

„Myslím, že áno. Čo by sme teraz mali robiť? Netiká to. V tomto smere máme jasno.“

„Áno, nie je potrebná jednotka,“ povedal Paul. Obišiel objekt s rukami za chrbtom. Bola to jeho premýšľavá chôdza. John kráčal za ním, kopírujúc jeho kroky, s rukami za chrbtom.

Paul povedal: „Musíme zistiť, čo to je a aké je to staré. Podľa zákona o poklade z roku 1996 si musíme nárokovať len určité veci. Nevyzerá to ako zlato ani striebro a rozhodne to nevyzerá na viac ako tristo rokov. Tento nález by mohol byť len a len náš, t. j. nemuseli by sme ho nahlasovať miestnemu FLO (úradníkovi pre styk s nálezmi).

„Určite to nie je zlato ani striebro,“ povedal John, poklepal na kovový predmet a počúval. Znel duto. Poklepal naň na niekoľkých miestach a počúval.

Nad nimi sa objavili dve svetlá.

Jedno bolo zelené a druhé žlté.

Pristáli na vrchole predmetu.

„Kšá!" Paul povedal.

„Zbláznili sme sa?" John sa spýtal a poškrabal sa na hlave.

„Nemyslím si," odpovedal Paul.

Svetlá sa zdvihli a vznášali sa okolo. Obaja klesli k nohe kontajnera. Keď sa usadili, svetlá ich zdvihli a držali na mieste. O niekoľko sekúnd neskôr sa začala otáčať, najprv pomaly, potom sa zrýchlila. Čoskoro sa už otáčal veľkou rýchlosťou. Ako sa otáčala, začala spievať vysokým hlasom.

Detektoristi padli na kolená a rukami si zakryli uši. Ich telá zvierala nevoľnosť, nie nepodobná morskej chorobe. A veľmi sa báli.

„Čo sa to deje?!" John vykríkol.

„Myslím, že sa tá vec liahne!" Paul odpovedal.

Keď nádoba klesla na zem, pulzovala. Otriasol sa. Zatriasol sa. Keď zrkadlová schránka zízala otvorená, jej časť sa spustila ako padací most na trávnatý breh rieky.

„Arrrggggggh!" vykríkli detektoristi.

Čakali a pozerali sa na ňu cez priestor medzi prstami. Už nemali záujem sa o vec prihlásiť. Už sa nezaujímali o jej hodnotu.

Von vyšiel mladý chlapec.

„Je to dieťa," povedal Paul a vstal.

John sa tiež postavil a položil si ruky na boky.

„Počkaj," povedal Paul. „Je oblečený ako jedno z tých detí z Olivera Twista."

„Som znovuzrodený," zvolal chlapec, odklopil si čiapku a potom si ju vrátil na hlavu. Pretiahol sa, zívol a potom si prezrel okolie. „Pozri, tam! Budovy parlamentu. Odvtedy, čo som ich videl naposledy, sa zmenili. A počúvaj," povedal, keď hodiny odbíjali raz, dvakrát trikrát. „Prečo dali Veľký zvon do klietky?" spýtal sa.

„Ako to myslíš, že v klietke? A volá sa Big Ben," povedal Paul. „A prečo si takto oblečený? Zúčastňuješ sa na maškarnom večierku?"

Chlapec si potľapkal po prednej časti vesty. Skontroloval, či má vestu úplne zapnutú a či má nohavice úplne spustené. Bol zvyknutý nosiť skôr krátke nohavice a tie dlhšie si vždy chcel zaviazať. Na hlave mal klobúk, ktorý si zložil, skôr než opäť prehovoril.

„Poznáte cestu do Portsmouthu?" spýtal sa. „Matka a otec si o mňa budú robiť starosti."

Detektoristi sa na seba pozreli, ale ani jeden z nich neprehovoril. Prvýkrát v živote boli bez slov.

„Idem," povedal chlapec a opäť si nasadil klobúk.

POP.

POP.

Hadz a Reiki prileteli a zablokovaní leteli mladému chlapcovi priamo pred očami.

„Charles Dickens, musíš zostať s týmito dvoma mužmi. Zoberú ťa tam, kam potrebuješ. Musíš byť s E-Z."

„Čo povedali?" John si pretrel uši. „Myslím, že sa zbláznim."

„Povedali, že je to Charles Dickens. Charles Dickens! A my mu máme pomôcť dostať sa do E-Z, nech je to ktokoľvek, keď je doma," odpovedal Paul.

Charles Dickens. TEN Charles Dickens. Inak známy ako vzdialený príbuzný E-Z a Sama... Sklopil čiapku smerom k dvom rozprávkovým bytostiam. „Raz som mal knihu s vílou na obálke od Grimmovcov. Poznáte ho?" spýtal sa.

Hadz a Reiki sa zachichotali a potom zmizli.

POP

POP.

„Odchádzam do Portsmouthu.“ Charles Dickens si znova nasadil klobúk. Dal sa do chôdze.

„Nie, to nie,“ povedali detektoristi jednohlasne.

„Samozrejme, že idem,“ povedal.

„Portsmouth je dlhá prechádzka,“ povedal John.

Za nimi sa zrkadlová kocka začala triasť a hrkať. Potom prehovorila: „Tento cybus autem speculatam sa sám zničí za 5, 4, 3, 2, 1, 0.“

Detektoristi padli na zem a rukami si zakryli hlavy.

POOF.

A bolo po ňom.

„Fúha!“ Dickens povedal. Potom ukázal smerom k Londýnskemu oku. „Čo to preboha je?“ spýtal sa.

Detektoristi sa rozbehli pred Charlesa. Viedli ho a uvoľňovali mu cestu. Ako dvaja futbaloví obrancovia ho udržiavali v bezpečí. Vyhýbali sa bicyklom, chodcom a túlavým psom. Usmerňovali ho na iné cesty, aby sa vyhol električkám, taxíkom a skútrom.

„Volá sa to Londýnske oko a vidno odtiaľ na míle ďaleko.“

„Je nejaká šanca, že by sme mohli čoskoro niečo zjesť?“ Charles sa spýtal a potrápil si žalúdok.

„Čo keby sme najprv prišli k nám a dali si šálku čaju?" opýtal sa Paul. „Moja mama robí výborný čaj a možno k nemu pridá aj jednu alebo dve sušienky."

„To znie dobre," povedal Dickens. „Potom sa budem musieť vybrať domov. Mama sa bude čudovať, kde som. Nemal by som sa zdržiavať vonku dlho do noci a vzhľadom na to, kde je slnko, očakávam, že čoskoro zapadne."

Keď sa blížili ku Convent Gardens, Dickens si všimol tabuľu. „Pozri sem," povedal. „Je tu napísané moje meno."

John a Paul sa pozreli na Charlesa Dickensa.

„Čože?" povedal.

„Budeš najslávnejší britský spisovateľ všetkých čias," povedal John. „A Oliver Twist je jedna z tvojich najslávnejších postáv." "A čo?

„Je to tak?" Charles sa spýtal.

„Je to tak," povedal Paul. „A nechcem ťa uraziť ani nič podobné, ale vieš, William Shakespeare je tiež dosť slávny," povedal Paul.

„Shakespeare bol dramatik. Ja som písal divadelné hry?" Charles sa spýtal.

„Nie, písal si romány. No tak potom si mal možno pravdu."

Prišli k Paulovi domov: „Mami, toto je Charles Dickens," povedal.

Bola v kuchyni, mala na sebe pinny (zásteru) a predtým, ako podala Charlesovi ruku, si do nej utrela ruky.

„Nejaký príbuzný toho Charlesa Dickensa?" Spýtala sa Paulova mama.

„Rád ťa opäť vidím," povedal John a zmenil tému. „Mohol by som byť taký nezdvorilý a požiadať o šálku čaju s chlebom a maslom?"

„Vy traja si choďte sadnúť, ja to hneď prinesiem," povedala a vyhnala ich z kuchyne.

Usadili sa v prednej izbe. Paul si sadol blízko okna, aby mohol pozerať von cez sieťové závesy.

John a Paul zatiaľ rozmýšľali podobne. Ako objavili Charlesa Dickensa a ako by na tom mohli zarobiť trochu peňazí.

Paul hľadal: Kedy zomrel Charles Dickens? Odpoveď: Dickens sa narodil v roku 1914: 1870. Ukázal obrazovku Johnovi.

„Prečo ste chceli ísť do Portsmouthu?" John sa spýtal.

„Kedysi som tam žil," povedal Charles.

„Máš ešte nejaké knihy," spýtal sa Paul. „Myslím knihy, ktoré si ešte nevydal?" ‚Áno,' povedal Charles.

„Neviem," povedal Charles. „Napísal som veľa kníh?" ‚Áno,' odpovedal Charles.

„Áno, určite áno, Charles," povedal John.

„Sú nejaké dobré?" Charles sa spýtal.

„Keď som bol chlapec, čítal som Olivera Twista a tiež Veľké nádeje. Výborné, ale na môj vkus trochu dlhé," povedal Paul.

„Dobrá bola Vianočná koleda," povedal John, "nie príliš dlhá a výborné ponaučenie."

V miestnosti bolo niekoľko minút ticho.

„Musím nájsť toho Ezekiela Dickensa - alebo ako ho poznajú priatelia E-Z," povedal Charles. „Neviem, odkiaľ to viem, ale myslím, že žije v Amerike." Zívol ad sotva udržal oči otvorené.

Vošla Paulova mama a niesla podnos plný dobrôt. Každý sa najedol do sýtosti a Charles čoskoro zaspal v kresle.

„Ach, ten maličký tvrdo spí," povedala Paulova mama a položila cez neho deku.

„Je taký malý," povedala.

„Ale je to jeden z najväčších spisovateľov."

„Písanie má v krvi, takže z neho možno raz bude veľký spisovateľ." John sa zamiešal.

Paulova mama sa zasmiala a potom odišla na poschodie do svojej izby, aby si trochu pozrela televíziu.

Paul a John zatiaľ diskutovali o tom, čo by mali urobiť s Charlesom Dickensom.

„Škoda, že si ho nemôžeme nechať," povedal John.

„No, nemyslím si, že by ho múzeum prijalo," povedal Paul.

Obaja sa dohodli, že si o Charlesovi Dickensovi urobia nejaký prieskum na internete.

POP

POP.

John a Paul pozerali pred seba, akoby spali. Aj keď boli široko ďaleko. Hadz a Reiki im zaspievali pieseň, ktorá znela asi takto:

„Charles Dickens je len chlapec.

Nie je to hračka pre detektoristov.

Pomôžte mu nájsť jeho bratranca v USA.

Urobte to ráno, inak vám to zaplatíme!"

Táto pesnička sa Johnovi a Paulovi točila v hlave, až kým nevedeli, čo musia urobiť.

„Nájdeme E-Z Dickensa," povedal Paul.

„Áno, to je správna vec," povedal John.

POP

POP.

A boli preč.

KAPITOLA 19
ROSALIE SA NUDÍ

Rosalie bola čoraz unavenejšia z čítania Anny zo Zeleného štítu. Čím bola staršia, tým ťažšie sa dokázala dlho sústrediť na jednu vec. Odložila si okuliare a želala si levanduľovú masku, ktorá by jej zakryla oči.

BINGO.

Mäkká maska s prenikavou vôňou levandule blokovala svetlo a upokojovala jej unavené oči.

„Je to, akoby tu bol čarovný džin!" povedala, potom zavrela oči a zaspala.

Keď sa o nejaký čas neskôr prebudila a zložila si masku, bola opäť vo svojej posteli v seniorskej rezidencii. Zbláznila sa, alebo sa v duchu vydala na cestu?

Rosalie sa cítila trochu chladná, pravdepodobne kvôli chladnému sterilnému prostrediu, v ktorom prebývala. V určitých časoch dňa teplota klesala.

Vtedy si všimla, že obyvatelia sú vo svojich izbách, zatiaľ čo účastníci upratujú. Keďže usilovne pracovali, chlad si nevšímali. Nie ako seniori, ktorí nič nerobili.

BINGO.

Spodná zásuvka jej armokoša sa otvorila a jej mäkký a huňatý červený sveter letel k nej. Ustála sa, kým doň vložila ruky. Schúlila sa a cítila jeho teplo, keď sa vec zapínala.

„To je dosť zvláštna udalosť," povedala.

Sedela ticho a snívala o horúcej šálke čaju s množstvom cukru a mlieka.

BINGO.

Na neďaleký stôl prišla ozdobná čajová kanvica s kvetmi. Keď sa čaj napil, naliala si ho do zodpovedajúcej šálky, pridala dve hrudky cukru a kvapku mlieka.

„Tri hrudky, prosím," požiadala Rosalie.

Pridala tretiu hrudku.

Šálka čaju na podšálke sa k nej vzniesla.

„Čo tak jedna alebo dve sušienky?" spýtala sa.

Zastavila sa vo vzduchu.

BINGO.

Teraz boli na tanieriku dve sušienky.

„Zabudla si na čajovú lyžičku!"

BINGO.

„Ďakujem," povedala a stále rozmýšľala, či má halucinácie a/alebo či sa zbláznila.

Napriek tomu bol čaj horúci, nie však príliš horúci. Sladký, nie príliš sladký. A s chlebíčkom sa výborne hodil.

Keď do poslednej kvapky vypila zo šálky....

BINGO

zmizla jej priamo z ruky.

Rozmýšľala, ako dlho budú tieto kúzla alebo triky jej fantázie pokračovať. Kým trvajú, bude si ich užívať plnými dúškami.

„Počkajte chvíľu!"

Spomenula si na knihu. Tú, ktorú nechcela, aby niekto mohol čítať.

„Môžeš," spýtala sa vzduchu, "opraviť to tak, aby ten druhý, ktorý môže čítať moju knihu." Siahla do zásuvky a zdvihla ju. „Takže jediný, kto ju okrem mňa môže čítať, sú Lia, Alfred a E-Z. Nikto iný. Ak ju nájde niekto iný a prelistuje stránky, všetky budú prázdne."

Čakala na znamenie. Alebo na nejaký zvuk, no žiadny neprišiel.

Vrátila knihu do zásuvky, otočila sa a znova zaspala.

POP

POP

„Už spí?" Hadz sa spýtal.

„Myslím, že áno. Chrápe!"

„Dávaj pozor, aby si ju nezobudil. Ale musíme ju vziať na palubu - teda, oficiálne."

„Archanjeli jej dali schopnosti, aby strážila Liu, E-Z a Alfréda. Vedia o nej," pripomenula Reiki.

„To je pravda a ona bude tým deťom verná. A ostatným. Archanjeli o nich nevedia nič konkrétne - a myslím, že je to tak lepšie."

„Súhlasím. Takže, čo musíme urobiť. Aby to tak bolo?"

„Rozália," zašepkal jej Hadz priamo do ľavého ucha. „Teraz chceš pomôcť Lii, E-Z a Alfredovi, však?"

„Áno," zavrčala Rozália.

Reiki prehovorila. „A čo ostatní? Si ochotná ich chrániť? Aj pred archanjelmi?"

„Áno," odpovedala Rosalie.

„Veľmi dobre," povedala Reiki. „Teraz jej dajme spomienku na povzbudenie. Nechceme predsa, aby zabudla, s čím súhlasila, však?"

Hadz a Reiki zaspievali pieseň,

„Spomienky sú krásne veci.

Ktoré sa vznášajú ako dymové krúžky.

Späť a dopredu, dopredu a späť

Nech Rozálkine spomienky ju udržujú na ceste.

Kúzlo, kúzlo vo vzduchu a v mori

Spája našu zmluvu s Rozáliou."

POP

POP

Hadz a Reiki boli preč, zatiaľ čo drahá stará Rozália chrapčala ďalej.

KAPITOLA 20
SÚVISIACE

RánovAnglicku, keď sa varila kanvica, John a Paul sa pripravovali. Počítač bol zapnutý a vyhľadávač otvorený.

„Urobím čaj," povedal John.

„Začnem písať," povedal Paul a do vyhľadávacieho riadku zadal Ezekiel Dickens. „Aha," povedal. „Tak to bolo nečakané."

John prišiel a niesol podnos s čajom, hrudkovým cukrom v miske, horúcim toastom s maslom a s pohárom marmelády po boku.

„Našiel si niečo?" spýtal sa.

„Pozri sa na to," povedal Paul, otočil obrazovku a zamiešal si do čaju hrudky cukru.

Bola to webová stránka Trojky superhrdinov. Sledovali, ako sa E-Z predstavil, po ňom nasledovali Lia a Alfred.

„Je to legálne?" John sa spýtal. „Vyzerajú ako tri postavičky z kreslenej televízie."

Potom sa začala rekonštrukcia záchrany na horskej dráhe. Paul stlačil PAUZA. Otvoril ďalšie okno. Zadal záchranu v zábavnom parku E-Z Dickens. Vyskočili naňho noviny s článkom o tom. „Je to legitímne," povedal.

„Takže Charlesov príbuzný je superhrdina?"

„Myslíš, že sme si vôbec podobní?" Charles sa spýtal. Ešte stále napoly spal v nadrozmernom pyžame, ktoré mu dali na spanie. Vzal si z taniera kúsok toastu a zahryzol sa doň.

„Obaja máte dickensovské nosy," povedal John.

Charles sa bližšie pozrel na zastavenú časť obrazovky.

„Na základe toho, kedy ste sa narodili," povedal Paul a vygooglil to, v roku 1812 až po súčasnosť, E-Z by bol váš siedmy alebo ôsmy bratranec."

„Čo znamená, že bratranec je vzdialený?"

„Znamená to počet generácií medzi vami," povedal John.

„Takže môj predok je superhrdina. Čo je to superhrdina? Je to ako vo filme Sir Gwain a zelený rytier?" ‚Áno,' odpovedal som.

„Ach, spomínam si, že som to čítal v škole, keď som bol chlapec, áno, rytieri a superhrdinovia sú si podobní," povedal Paul.

John preletel dole, aby zistil, či sa E-Z Dickensa spomína aj inde. Na YouTube boli klipy, ako hral baseball pred tým, ako bol na vozíku, a potom.

„Je to celkom dobrý športovec," povedal John. „A športuje aj na vozíku."

„Hra vyzerá podobne ako Rounders," povedal Charles.

„Aha, počkaj, tu je niečo o jeho rodičoch," povedal Paul.

Prečítali si nekrológy E-Zových rodičov, o nehode, ktorá ich pripravila o život.

„Chudák chlapec," povedal Charles. „Aspoň že má teraz otcovho brata Sama, ktorý sa oňho stará."

„Prečo mu jednoducho nezavoláme?" Paul sa spýtal. Otvoril svoj telefón a zavolal na informácie.

Charles sa mu pozrel cez plece, zatiaľ čo Paul doň hovoril a odpovedal mu ženský hlas. „Potrebujem šálku čaju," povedal.

John mu ho išiel do kuchyne priniesť.

Paul si zatiaľ vypýtal číslo na Ezekiela Dickensa v Severnej Amerike. Keď vytočil číslo a telefón začal zvoniť, Paul ho dal na hlasitý odposluch.

„Haló," povedal Sam.

Charles takmer upustil šálku čaju.

„Ehm, dobrý deň, volám z Londýna v Anglicku a volám Paul. Rád by som hovoril s Ezekielom Dickensom, prosím."

„Som jeho strýko, môžem sa spýtať, o čo ide?" Sam prešiel po chodbe do E-Z-ovej izby.

Traja sledovali film na novom televízore s plochou obrazovkou. Sam zdvihol diaľkový ovládač a stlačil tlačidlo MUTE. Potom dal svoj telefón na hlasitý odposluch.

„Aby som bol úprimný, nie som si celkom istý," povedal Paul. „Nie ja s ním chcem hovoriť, ale…"

„Ja." V telefóne sa ozval nový hlas. Hlas mladšej osoby.

„A kto ste vy?" Sam sa spýtal.

„Volám sa Charles Dickens."

Sam podal telefón synovcovi. „Hovorí, že sa volá Charles Dickens."

„Hovoril som ti, že sa dnes stane niečo zvláštne," povedal Alfred.

„Aj ja," povedala Lia, "ale nevedela som, že sa to bude týkať Charlesa Dickensa!"

E-Z zaváhal, kým povedal: „Toto je E-Z Dickens, ehm, pán ehm, Charles. Ako vám môžem pomôct?"

Charles sa zasmial. Bol to nervózny smiech. Nevedel, čo má povedať. Ešte nikdy sa nerozprával s niekým, kto bol na druhom konci sveta.

„Vrátil som sa," odvrkol. „Aby som ťa našiel. John a Paul, moji priatelia, sú (zaťal ruku do telefónu) - detektoristi..."

E-Z predtým nepočul výraz detektoristi.

„Používajú prístroje na hľadanie vecí," povedal Alfred.

Paul sa ujal slova. „V rieke pristála nejaká vec. Bol v nej Charles Dickens. Dve svetlá, jedno zelené a jedno žlté, nám povedali, že Charles sa musí spojiť s E-Z Dickensom."

„Aká vec?" E-Z sa spýtal. „Bolo to niečo ako silo?"

„Tu John," ozval sa nový hlas. „Nie, bola to kocka. Zrkadlová kocka."

„To neznie ako jedno z tých síl." E-Z si priložil ruku k telefónu.

„Poslali ťa anjeli?" Lia sa rozmazala. povedal: „Mimochodom, ja som Lia a ten druhý hlas, ktorý si počul, bol Alfred. Sme tu spolu s E-Zom a Samom."

„Rád vás všetkých spoznávam," povedal Charles.

„Koľko máš rokov?" E-Z sa spýtal.

„Myslím, že okolo desiatich. Je pravda, že sme bratranci?"

„Áno," povedal E-Z, "a strýko Sam je aj tvoj bratranec."

„Sme prepojení priestorom a časom," povedal Charles.

„E-Z je tiež spisovateľ," povedal Sam.

E-Z sa rozplakal a líca mu zahoreli.

Sam lakťom vrátil synovca do reality.

„Je toho veľa na spracovanie, pán Dickens, ehm, teda Charles. Budeme musieť naplánovať, ako ťa sem dostať, buď to, alebo môžem prísť za tebou. Môžeš chvíľu zostať s Johnom a Paulom a keď vymyslíme, čo robiť, vrátime sa k tebe?"

Paul povedal: „Áno, mama hovorí, že s Charlesom nie sú žiadne problémy. Môže s nami zostať tak dlho, ako bude chcieť."

„Zavolám ti späť," povedal E-Z.

Telefón sa odpojil.

„A mimochodom," povedal Sam, "na Ardenovom pevnom disku nebolo nič užitočné. Okrem potvrdenia, že boli spolu online a hrali strieľačku pre viacerých hráčov."

„To je dobré vedieť," povedal E-Z. Toľko si už domyslel sám.

KAPITOLA 21
PLÁN A ROSALIE

E-Z, Lia a Alfred spolu so strýkom Samom v jeho izbe diskutovali o rozhovore, ktorý mali.

„Nemôžem uveriť, že nám telefonoval skutočný Charles Dickens," povedal Sam.

„Áno, ale nechápem, prečo je tu. A v čom sa sem dostal," povedal E-Z. „Veď má desať rokov - myslí si. A jeho spôsob cestovania znie čudne, zrkadlová štvorcová krabica. Čo to má, do čerta, znamenat?"

„Neznie to ako vesmírna loď," povedal Alfréd, "niežeby sme vedeli, ako by taká vyzerala."

„Počkajte chvíľu!" Lia sa ozvala.

E-Z sa na ňu pozrel. „Myslíš si to isté, čo ja?"

Prikývla.

„ČO?" Alfréd sa spýtal.

„Pamätáš si, ako nás archanjeli zavolali, aby nám povedali, že jeden z nás musí zomriet?" Lia sa spýtala.

Alfred a E-Z prikývli.

„Premýšľajte o kontajneri. Akoby ste sa do nej opäť vrátili a spomenuli si na veci, ktoré sme našli. Tie papiere, ktoré sme našli?"

„Chápem, na čo narážaš. Máš na mysli informácie z iného sveta. O našich životoch v alternatívnych dimenziách?" E-Z sa spýtal.

„Presne tak," povedala Lia.

Alfréd poskakoval na posteli hore a dole.

„Čože?" Sam sa spýtal.

E-Z to vysvetlil, ako najlepšie vedel.

„Tak sa pozrime, či som to pochopil správne," povedal Sam. „Všetci máme svoje životy, ktoré sa odohrávajú niekde inde ako tu. Teda na Zemi. Existujú aj iné verzie nás samých, ktoré žijú iné životy ako ten náš. V iných časoch, v iných priestoroch, v iných dimenziách."

„Presne tak," povedal E-Z.

„Môžeme teda zmeniť svoje životy?" Sam sa spýtal. „Myslím tým zmeniť výsledok? Môžeme zabrániť tomu, aby sa diali hrozné veci?"

„To si nemyslím," povedala Lia. „Ale neviem, koľko chcú, aby sme vedeli o iných dimenziách. Ale podľa toho, čo nám Eriel povedal, sme stredobodom. Všetko ostatné, čo sa deje, sa točí okolo nás a okolo života, ktorý teraz žijeme.“

„Takže,“ povedal Alfréd, „to, že je tu Charles Dickens, musí mať niečo spoločné s Eriel a ostatnými.“

„Áno, to si myslím aj ja,“ povedal E-Z. „Ale prečo práve teraz? Skúšky sa skončili. Bola to ich voľba. Napriek tomu sa zdá, že ma nemôžu nechať na pokoji.“

„Priviesť späť Charlesa Dickensa. A ešte k tomu jeho desaťročnú verziu! Nedáva mi to žiadny zmysel,“ povedala Lia.

„Možno keď sa s ním stretneme,“ povedal Sam, “všetko bude dávať zmysel.“

„Nie, ak sa to týka Eriela,“ povedal E-Z. „S ním nie je nič vždy jednoznačné.“

„Vyzerá to tak, že výlet do Londýna je náš jediný spôsob, ako to zistiť,“ povedal Sam.

„Zdá sa mi, že som tam nebol tak dávno.“

„Áno, je pre teba ľahké ísť. Stačí, keď si nasmeruješ stoličku správnym smerom, a môžeš ísť,“ povedal Alfred. „Zatiaľ čo pri mne je pri tom všetkom mávaní veľa energie a vietor je dôležitý faktor.“

„Mohol by si naskočiť do lietadla, keby s tebou išiel strýko Sam," navrhol E-Z. „Stačilo by ti len sedieť na sedadle s ostatnými cestujúcimi a užívať si cestu."

Alfred zvesil hlavu.

„Nehovorím to preto, aby si sa cítil zle. Iba ti pripomínam, že sme všetci na jednej lodi."

„To chápem. A ďakujem ti."

„Dobre, teraz sa vráťme k veci," dodal E-Z. Vypol televízor.

Lia hľadela pred seba, akoby bola v tranze. „Rosalie!" zvolala.

„Kto?" Alfréd sa spýtal.

Lia naďalej hľadela do prázdna.

„Je Lia v poriadku?" Sam sa spýtal. „Sotva dýcha."

Lia sa postavila. „Musím ti niečo povedať. Niekoho som stretla, nie osobne, ale v mojej hlave. Je v mojej hlave a už nejaký čas sa s ňou rozprávam. Požiadala ma, aby som nič nehovorila - zatiaľ. Myslím, že by to mohlo súvisieť s celou tou vecou okolo reinkarnácie Charlesa Dickensa."

„Počúvame," povedal E-Z a naklonil sa bližšie.

„Volá sa Rosalie. Žije v domove pre seniorov v Bostone - a je dosť stará. Má demenciu."

„Nie je to tá, ktorá spôsobuje stratu pamäti?" ‚Áno,' povedal. Alfréd sa spýtal.

No len čo Rosalie počula, ako Lia vyslovila jej meno, preniesla sa v mysli aj v tele do izby E-Z. Vznášala sa nad nimi a pozorne počúvala každé slovo, ktoré jej povedali. Prečistila si hrdlo, aby zistila, či ju vidia alebo počujú - nepočuli. Priala si, aby si so sebou vzala zápisník a pero.

BINGO.

Oboje sa jej dostalo do rúk. Usmiala sa a pustila sa do robenia poznámok.

„Chceš povedať, že vy dvaja ste prepojení - prostredníctvom ESP?" Alfred sa spýtal. „Myslel som, že som jediný, kto má ESP?"

„Nemyslím si, že je to práve ESP. Nie tak, ako ho máš ty."

„Ako to?" Alfred sa spýtal.

„Rozáline spomienky sú preč. V každom prípade väčšina z nich. Dokonca ani nespoznáva svoju rodinu, keď ju prídu navštíviť. Nenavštevujú ju často. Nevadí jej to, pretože ich nemá rada. Ale nejako sme sa spojili. A ona vedela všetko o nás a našich schopnostiach. Tak trochu na nás dávala pozor."

„Prečo nám to hovoríš až teraz?" Spýtal sa E-Z.

„Pretože povedala, že je to v poriadku. A spomenula aj Bielu izbu. Bola tam nie raz, ale dvakrát. Prvýkrát sa bezpečne vrátila do svojej postele - ale tentoraz nie. Hovorí, že teraz je tam a nechcú ju pustiť domov.“

„Ako obaja viete, bol som v Bielej izbe,“ povedal. „Je to miesto, kde mi archanjeli prvýkrát sľúbili a povedali, že budem môcť byť opäť s rodičmi. V podstate tam, kde ma pomocou skúšok priviedli na palubu.“

Sam sa ozval: „Eriel ma raz uniesol do Bielej miestnosti. Bolo to celkom príjemné, teda zo začiatku - až kým ma nenechal odísť.“ „A čo?

„Áno,“ povedal E-Z, “Eriel je netaktný. A je to celkom fajn miesto. Dostaneš všetko, o čo požiadaš, keď na to budeš myslieť - ako na mágiu. A sú tam knihy - knihy s krídlami. Ale nechcem tu zachádzať do prílišných podrobností - sústreďme sa na Rozáliu. Čo sa deje teraz?“

Rosalie sa zasmiala a pomyslela si, čo keby povedala Lii, že je na dvoch miestach naraz? Nie, to by ich mohlo vystrašiť. Rozprávala sa s Lijou v duchu a popri tom povedala niekoľko bielych lží.

„Vraj predstiera, že spí. Spomína si, že sa jej pred očami vznášajú dve bodky, jedna zelená a druhá žltá.“ “A čo?

„Hadz a Reiki," povedal E-Z. „Povedz jej, aby sa ich nebála. Sú to dobrí chlapci."

Ach, vzdychla si Rozália. Potom si uvedomila, že toto by mohla byť príležitosť, na ktorú čakala. Povedať Trom o ostatných. Starostlivo sa zamyslela a potom sa rozhodla, že je čas podeliť sa o to, čo vie.

„Aha, počkaj, chce, aby som ti niečo povedala." Lia sa pozerala pred seba, keď jej medzi perami zaznel Rosaliin hlas: „Sú aj iné ako ty, videla som ich. Myslím, že práve preto som tu."

„Iní ako my?" Lia, Alfred a E-Z zvolali.

„Nie som si istá, koľko by som im mala povedať o ostatných deťoch tu v tejto miestnosti. Máte pre mňa nejakú radu? Čo by som im mala povedať? Budú mi ubližovať? Ak im poviem o ostatných deťoch - ublížia im?" ‚Áno,' odpovedal som. Rozália sa ozvala prostredníctvom Lii.

„Na teba, E-Z," povedala Lia ako ona sama.

„Najprv si vypočuj, čo ti chcú povedať," povedala E-Z. „Povedia ti, čo už vedia, a potom sa môžeš rozhodnúť, koľko, ak vôbec niečo, ešte potrebujú vedieť."

„Dobrá rada," povedal Alfréd. „Vždy buď dobrým poslucháčom. Najmä keď vás držia proti vašej vôli na cudzom mieste."

Lia sa ponúkla: „Budem tu chlapcov informovať, ak chcete, aby sme zostali na linke - takpovediac."

Rosalie prehovorila, pričom použila Liine ústa ako svoje vlastné: „Potrebujem si zachovať všetky schopnosti... takže zatiaľ poviem koniec a koniec. Ďakujem tebe a bande za pomoc. Budem v kontakte, ak vás budem potrebovať, kým tu budem. Inak ťa doplním, keď sa vrátim domov, čo bude čoskoro, lebo mi chýba večera. Dnes je moriak, zemiaková kaša a hrášok." Zaváhala. „A mimochodom, Lia, máš na sebe pekný top."

BINGO.

„Ďakujem," povedala Lia a pozrela sa na svoje tričko a čudovala sa, ako Rosalie vie, čo má na sebe.

„Čo?" E-Z sa spýtala.

„Ach, nič," povedala Lia.

Opäť sa vrátili do Bielej izby. Rosalie si pomyslela, že jej zápisník by sa lepšie hodil do zásuvky nočného stolíka.

BINGO

A boli preč.

BINGO

Prišla večera. Mala všetko chutné, ale teraz myslela len na jahodový hustý koktail.

BINGO.

Jeden prišiel a vedľa neho kúsok citrónového koláča.

Vtedy prišli Eriel a Rafael.

„Och, och," povedala rebrík, keď sa k nej zniesli a vyzerali, akoby boli oblečení na Halloween.

„Sníva sa mi to? Alebo mŕtva?" Rosalie sa spýtala.

„Ani jedno," odpovedali archanjeli.

KAPITOLA 22
STRETNUTIE A PRIVÍTANIE

Choďteďalej a dojedzte," povedal Rafael.

„Áno, nemáme nič lepšie na práci," povedal Eriel.

Kým ju pozorovali pri jedle, Rosalie mala problémy so žuvaním. Problémy s chuťou. A zdalo sa jej to chladnejšie. Pozrela na police s knihami, na rebrík. Keď odložila nôž a vidličku, mala pocit, že títo dvaja neznámi majú niečo za lubom.

„Predovšetkým," začal Eriel, "tento rozhovor musí zostať len a len medzi nami."

V duchu sa prihovorila Lii. „Si tam, dieťa? Počúvaš?"

„...Vyhynutie."

„Je mi to ľúto," povedala Rozália, "ale mohla by si začať znova, teda od začiatku? Som stará a stratila som prehľad o tom, čo ste mi hovorili."

Eriel si odfúkol. Ako malý chlapec, ktorému niekto vynadal, roztvoril krídla a odletel. Keď sa priblížil k vrcholu knižnice, prekrížil si ruky a čakal. Čakal, kým sa Rafael pustí do toho.

Rafael sa naklonil bližšie k Rosalie.

„Tvoje okuliare sú naozaj pekné," povedala Rosalie. „Ale mám z nich trochu morskú chorobu, keď v nich pulzuje a pláva všetka tá krv."

Eriel sa zasmial.

Rafael si zložil okuliare a vložil si ich do vreciek čierneho rúcha.

„Moja drahá, Rosalie," zahriakol ju Rafael, "prosím, nevšímaj si hrubosť mojej učenej priateľky, ale sme tu v situácii. V situácii, v ktorej potrebujeme nielen tvoju pomoc, ale aj pomoc E-Z, Lia, Alfreda a ostatných. Viete, koho mám na mysli, keď spomínam ostatných, áno?"

Rosalie prikývla a nič nepovedala.

„Sme tím archanjelov a naše sily sú obmedzené. To, čo sa deje po celom svete, sa deje dušiam." ‚A čo sa deje dušiam?' opýtal sa.

„Myslíš, keď ľudia umierajú?" Rosalie sa spýtala.

„Presne tak."

„Ale nie je to skôr vaša doména než naša? Rozprávali ste sa s Bohom - on vás pozná, však? A ak sa snažíš napraviť hroznú situáciu, prečo sa ho nepýtaš priamo?"

Keďže Rafael a Eriel neprehovorili, Rosalie pokračovala.

„Podľa toho, čo som pochopila, keď človek zomrie, jeho telo sa pochová. Alebo spopolnené. Ich duše - ak existujú - žijú ďalej na inom mieste."

Eriel sa jej o niekoľko sekúnd vrhol do tváre a zavrčal. „To nie je pravda.

Rafael ho odstrčil nabok. „Je to zložitejšie, než si myslíš. Príliš komplikované, aby to väčšina ľudí pochopila."

„Ľudia sú dosť inteligentní," povedala Rosalie. „Boli sme na Mesiaci, vynašli sme lietadlo, internet, oheň. Nie som žiadny génius, a predsa si ma sem priviedol, aby si ma presvedčil."

Eriel sa opäť zasmial.

Tentoraz si Rafael nemohol pomôcť a tiež sa rozosmial.

A smiala sa. A smiala sa.

Ani jeden z nich sa nedokázal zastaviť.

Rozália ich ignorovala. Nevšímala si, čo sa okolo nej deje. Rebrík sa hádzal sem a tam, sem a tam. Knihy vyskakujúce von a potom zase späť. Bol to taký hluk. Taký hlučný. Opäť túžila po tichu svojej izby.

Anna zo Zeleného štítu, pomyslela si.

BINGO.

Kniha bola v jej rukách. Otvorila ju, našla záložku a čítala. Ak by potrebovali jej pomoc, museli by sa o ňu pričiniť. Teraz, keď urazili ju a celé ľudstvo, im to nemienila uľahčiť.

„Dobre ti tak," zašepkala Lia v Rosaliinej mysli. „Máš to na starosti. A ja som tu s E-Z a Alfrédom a kryjeme ti chrbát."

Rafael a Eriel sa stále smiali. Vymkli sa spod kontroly. Vo vzduchu do seba narážali ako balóny pripevnené k sebe.

Potom si spomenula, že jej citrónový koláč s pusinkami ešte nezjedli. Odložila knihu nabok, zapichla doň vidličku a zahryzla sa. Bol dokonalý. Ani príliš sladký, ani príliš trpký, presne taký, aký ho robila jej mama. Zobrala si ďalšie sústo.

Nad ňou Eriel a Rafael hysterčili.

„Prestaň!" Rosalie zakričala. „Vy dvaja ste tí najhrubší, najnepríjemnejší, akých som kedy stretla.

A to som už stretla niekoľko poriadne nepríjemných ľudí." Odložila vidličku. „To vás nikto neučil slušnému správaniu? Akékoľvek spôsoby?" Zdvihla vidličku a namierila ju ich smerom.

Eriel sa zviezol dolu. O niekoľko sekúnd bol na Rosalie s otvorenými ústami. Zabodla ju do citrónového tvarohu a potom ju vidličkou strčila archanjelovi do úst.

„Fúúúúúúú!" vykríkol. Vypľul ju, akoby mu dala arzén.

„Mama ma vždy učila deliť sa," povedala s úsmevom.

Erielova bledosť sa zmenila z čiernej na zelenú. Po zvracaní zmizol cez stenu.

„Hádam nie je fanúšikom koláčov?" Rozália povedala.

Lia sa v Rosaliinej mysli zasmiala.

Rafaela si vytiahla okuliare z vreciek županu, očistila si ich a nasadila si ich späť na tvár. Sadla si vedľa Rosalie. Bola tak blízko, že jej takmer sedela na kolenách.

Chudák Rosalie.

„VIEME, ŽE SÚ TU AJ INÍ, A MUSÍME VEDIEŤ, KTO SÚ A KDE SÚ - HNEĎ!"

Keď prehovorila, Rafaelova tvár sa skreslila, na nepoznanie.

Rosalie sa postavili vlasy na hlave. Jej telo sa triaslo.

„Nevychovaní ľudia nikdy nedostanú, o čo žiadajú, a ty, moja drahá, si veľmi nevychovaná. A tvoj priateľ tiež," zašepkala Rosalie.

Rosalie sa vrátila k svojmu ja, ktorým bola predtým.

Lenže tentoraz sa archanjelov takt zmenil. A jej hlas bol sirupovitý, keď hovorila,

„Prejdem cez tú stenu a pripojím sa k Erielovi. O päť minút sa vrátime a začneme odznova. Potrebujeme tvoju pomoc - máš pravdu - a nežiadame o ňu tak, ako by sme mali." Potom k žene v stene: „Nastav časovač na päť minút." Potom späť k Rosalie: „Keď zaznie časovač, vrátime sa a začneme znova." Ako sľúbil, Rafael sa pohol k stene a zmizol cez ňu.

Hodiny v stene hlasno tikali. Zdalo sa, že nie sú na svojom mieste. Dokonca až príliš hlučné pre knižnicu.

„Je to veľmi nepríjemné!" Rebrík sa priblížil.

„Prepáčte, za ten rozruch," povedala Rosalie. „To, že som tu, vám spôsobilo iba chaos."

„Máme ťa radi," povedal rebrík. „Prečo sa trochu nepohneš? Budeš sa cítiť lepšie."

Rosalie sa postavila a očakávala, že po takom veľkom jedle sa bude cítiť unavená. Namiesto toho bola plná energie. Najmä jej nohy. Cítila sa, akoby mala opäť desať rokov. Urobila výskok. Taká zábava!

„A teraz," povedala Rosalie, "jej ďalší trik. Veľká babička sa pokúsi nie o jeden, ani o dva, ale o tri po sebe idúce kotrmelce," - čo aj urobila. „Ďakujem, ďakujem!" uklonila sa a zamávala, akoby vyhrala zlatú medailu na olympiáde.

BRRRIIIING.

Časovač vypršal. Eriel a Rafael prišli.

Archanjeli boli oblečení inak. Akoby sa chystali na dve rôzne oslavy.

Eriel mal na sebe tmavý pruhovaný oblek, bielu košeľu a kravatu.

Rafael mal na sebe červené šaty pripomínajúce Mumu, ktoré celé zakrývali jej telo od krku až po prsty na nohách.

„Cítim sa nedostatočne oblečená," povedala Rosalie.

BINGO.

Teraz mala na sebe svoje najpozitívnejšie šaty. Bola to tá, ktorú naznačila, že si chce obliecť po smrti.

Padla do kresla, s očami upretými nahor. A archanjeli sa k nej vznášali. Ich krídla sa pohybovali ako motýlie krídla, keď sa k nej s pôvabom a krásou približovali. Oči sa jej zaleskli.

„Ako vám môžem pomôcť, drahí?" Rozália sa spýtala.

Akoby nad ňou teraz mali moc, moc, ktorú nechcela prekonať. Padla na zem a teraz kľačala pred oboma archanjelmi. Rafael sa jej dotkol pravého ramena a Eriel ľavého.

„Povedz nám, čo potrebujeme vedieť," zahriakli ju.

„Ostatní sa rozutekali," povedala a potom klesla na zem ako bábka bez strún.

„Na toto je už príliš stará," povedala Eriel. „Ak zomrie, nebude nám k ničomu."

„Pokračuj, funguje to."

POP.

POP.

Objavili sa Hadz a Reiki, každý z nich šepkal Rozálii do uší. Pomohli jej na nohy.

„Vypadnite odtiaľto, vy dvaja votrelci!" Eriel zakričal výbušným hlasom,

Rosalie sa vytrhla z tranzu, do ktorého ju uviedli.

„Odíďte!" Rafael zakričal a neozvalo sa žiadne POP, namiesto toho bolo počuť jediný zvuk

ŠPLECH.

Rozália si položila ruky na boky: „Dúfam, že ste tým dvom miláčikom neublížili. Vlastne, ak chceš, aby som uvažovala o tom, že ti pomôžem, mal by si ich sem priniesť TERAZ, aby som sa mohla presvedčiť, že sú v poriadku. Odmietam ti povedať čokoľvek ďalšie, kým ich neprivedieš späť." Prešla cez miestnosť, sadla si chrbtom k bielej stene, zavrela oči a čakala. Mala na to celý deň, celý týždeň, celý rok. Nikam sa neponáhľala, ani nič nerobila.

POP.

POP.

„Ďakujem," povedali Hadz a Reiki, keď si sadli Rozálii na plecia.

„My to tu kazíme," povedal Rafael. Potom k Hadžovi a Reiki: „Viete, v akej situácii sa Zem nachádza, môžete nám pomôcť dosiahnuť pomoc tohto človeka?"

Reiki povedal: „Vieme, že je tu situácia! Keby ste nezrušili dohodu s E-Z, Lia a Alfred, už by boli na palube. Rozália nedôveruje ani jednému z vás."

„A ty si k nej nebol úprimný," povedal Hadz.

Hadz povedal: „U ľudí je dôvera a úprimnosť všetko."

Eriel sa k nim vrhol.

Rafael ho zadržal, kým povedala: „Stala sa chyba, z našej strany, a táto chyba má príčinu a následok.

Snažíme sa zachrániť Zem pred vedľajšími škodami. Jediný spôsob, ako to môžeme urobiť, je zavolať tých, ktorým boli dané sily, nadprirodzené, superhrdinské sily. Bez nich ľudstvo zlyhá - a bude to naša vina."

Rosalie sa postavila. Pozrela na dve malé stvorenia, ktoré jej sedeli každé na pleci. „Môžem týmto dvom dôverovať?"

„Rafael je dôveryhodný," povedal Hadz.

„Ale my si ním nie sme istí," povedal Reiki.

POP.

POP.

Obaja zmizli v strachu, že ich Eriel pošle späť do baní.

Eriel stúpal, stále vyššie a vyššie, potom zmizol cez strop.

Rozália zmenila tému. „Kým sa nad tým zamyslím, môžeš mi vysvetliť, čo je to za miesto? Ja ho volám Biela izba, ale je to správny názov - a prečo sa vždy, keď si niečo želám, objaví? Možno sa to volá Magická izba?" V tej chvíli si Rosalie spomenula na E-Z, anjela/chlapca na vozíku.

ACK.

E-Z prišiel.

„Páni!" povedal, keď si uvedomil, že sa pripojil k Rosalie v Bielej izbe. Pomyslel na svoje slnečné okuliare a

PRESTO

Mal ich na tvári. Prešiel sa po miestnosti a znova si oťukal nohy a podlahu. Potom natiahol ruku a povedal: „Ty musíš byť Rosalie."

A ty musíš byť E-Z, povedala, „bez vozíka. Toto miesto je naozaj čarovné!"

„A, ahoj, Rafael."

„Vitaj, E-Z," povedal Rafael. Potom na Rosalie: „Toľko k diskrétnosti - toto malo byť dôverné."

„Nech ti sľubuje čokoľvek, poruší to. Je nanič v dodržiavaní slova - a Eriel je ešte horší, rovnako ako Ophaniel - a to si ju ešte ani nestretla. Napriek tomu ti dávam najavo, že všetci sú banda klamárov."

„Na to som prišla," priznala Rosalie. „A on odišiel, Eriel sa správa ako rozmaznaný chlapec."

„To by som bol rád videl," povedal E-Z. „Znie to veľmi neerielovsky, ale človeče, bolo by to úžasné vidieť."

„Dosť bolo týchto srdečných rečí," povedal Rafael. „Myslím, že nemám inú možnosť, ako vysvetliť situáciu aj vám." Dupla si nohou a krídla jej mrzuto klesli k bokom. Otočila sa tvárou k E-Z a Rosalie. „Svet potrebuje záchranu kvôli chybe na našej strane. Chcete nám vy a ostatní pomôcť napraviť situáciu - myslím zachrániť Zem, alebo nie?"

Rosalie a E-Z si vymenili pohľady.

„Ty choď do toho," povedala. „Súhlasím so všetkým, pre čo sa rozhodnete."

E-Z neodpovedal okamžite.

„Ak mi všetko povieš, oznámim to ostatným a budeme hlasovať. Sme demokratická skupina."

„Ako dlho to bude trvat?" Rafael sa vysmieval. „A ako sa mi ozveš? Mám tu snáď držať Rosalie ako väzenkyňu, kým na to neprídete? Bude dvadsatštyri hodín stačit?"

Rosalie povedala: „Nemám nič proti tomu, aby som zostala v tejto izbe. Je tu veľa kníh na čítanie a môžem si objednať, čo chcem. Je to oveľa zaujímavejšie a vzrušujúcejšie ako byť doma."

E-Z prikývol. Rosalie povedal: „Ďakujem a máš pravdu, táto izba je dosť zvláštna. Budeš tu v bezpečí." Potom Rafaelovi: „Rosalie nebude tvojím väzňom, v skutočnosti bude tvojím hosťom." Z police vyletela kniha a pristála mu v ruke. Bol to Harry Potter a Tajomná komnata.

„To by som si rada prečítala," povedala Rosalie. Kniha opustila E-Zovu ruku a letela k Rosalie. Tá ju chytila, otvorila a okamžite začala čítať.

„Rosalie bude naším hosťom," povedal Rafael. „Takže dvadsaťštyri hodín?"

„Dvadsaťštyri hodín," súhlasil E-Z.

„Počkaj!" zakričal hlas. Hlas bez tela. Hlas, ktorý sa ozýval a ozýval. Až kým sa z police nad ním nevysunula kniha. Padala smerom k podlahe, až kým jej krídla nevybuchli dopredu a nezachránili ju pred zlomením chrbta.

Rafael sa na hlas pozrel prekvapene. Pokúsila sa ustúpiť, ale niečo ju zadržalo.

Rozália a E-Z čakali a počúvali.

„Rafael vám nepovedal všetko," povedal hromový hlas.

Akoby vzduch vibroval s každou slabikou, ale dobrým, milým a jemným spôsobom, nie strašidelným koncom sveta.

„Povedz nám to," povedal E-Z.

„Trochu tichšie," navrhla Rosalie. „Som stará, ale nie hluchá, viete!"

„Prepáčte," povedal hlas. Prečistil si hrdlo. Potom zašepkal: „E-Z Dickens, pamätáš si, aké možnosti sme ti dali? Tie dve možnosti?"

E-Z si ich pamätal dosť dobre. Jednou z nich bolo zostať v sile navždy. Spomienky na jeho rodinu v slučke. Druhá bola vrátiť sa k svojmu životu so strýkom Samom.

„Áno."

„Povedz mi, čo si pamätáš o tých voľbách?" spýtal sa hlas.

„Povedali, že môžem zostať v kontajneri a prežívať spomienky na svoju rodinu v slučke alebo sa vrátiť do svojho života so strýkom Samom."

„A lovec duší? Čo s ním?"

„Nič," pripustil E-Z s pokrčením ramien.

Hlas zafučal - akoby mu hovorenie teraz spôsobovalo bolesť. Regály sa zatriasli a veci sa náhodne POPÍJALI a vynášali vo vzduchu. Najprv sa tam objavila obrovská uhorka. Zelený predmet sa roztočil v smere hodinových ručičiek, potom proti smeru hodinových ručičiek a potom zmizol.

Potom sa nad nimi objavila zrkadlová guľa. Ako sa točila, menila farby. Keď sa otáčala príliš rýchlo, obávali sa, že sa na nich zrúti. Presunuli sa do úkrytu, ale kým sa im to podarilo, guľa zmizla.

Potom sa objavila hlava klauna. Vznášala sa pred nimi a hovorila: „Čo je čiernobiele, to je čiernobiele a čiernobiele a čiernobiele a čiernobiele."

„Dosť!" zahromžil hlas.

„Je mi to ľúto," povedal Rafael.

„Mal by si byť!" prvý hlas sa zatriasol. Potom tichšie, jemnejšie, mäkko povedal: „E-Z a jeho tím musia vedieť o Lovcoch duší - všetko. Inak nepochopia zložitosť narušenia."

Hlas sa na niekoľko sekúnd odmlčal a potom pokračoval: „Lovec duší chytá duše, keď ľudské telo zomrie. Je to nekonečné miesto odpočinku. Všetci ľudia a všetky bytosti majú nádoby, do ktorých môžu ísť. Tá vec, ktorú si nazval silom, je lapač duší. Miesto odpočinku na celú večnosť."

„Dobre," povedal E-Z. „A čo to má spoločné s koncom sveta?" „To je pravda.

„Chcem vidieť svoj lapač duší," povedala Rosalie.

„Ak ty a tvoji kamaráti NESPRÁVAJTE, nikto nebude mať Lapač duší. Keď tvoje telo zomrie, ty zomrieš. To je všetko. Koniec. Tvoja duša a duše všetkých ostatných nebudú mať kam ísť, a keď duša nemá kam ísť, nemá to zmysel. Už nemá dôvod existovať. A bez duše sú ľudia len mäsovými oblekami."

„Počkaj chvíľu," povedal E-Z. „Chceš povedať, že osoba, ktorá je zodpovedná za Lovcov duší. Akokoľvek ich nazveš - generálny riaditeľ, prezident, pochopíš podstatu. Chceš povedať, že boli kompromitovaní?"

Rafaela otvorila ústa, aby odpovedala, ale E-Z ešte nedokončil reč.

„Ako vlastne celá tá vec s Lovcami duší funguje? Už niekoľkokrát ma zavolali do toho môjho, a to ani nie som SMRTEĽNÝ. Chceš povedať, že títo, nech už sú čokoľvek, ma teraz môžu do môjho Lapača duší prinútiť podľa ľubovôle?" Zaváhal: „A čo ty vieš o Charlesovi Dickensovi? Prišiel v zrkadlovej nádobe, takže nie v Lapači duší. Ako sa jeho duša dostala z jedného miesta na druhé? Je jeho vzkriesenie zásluhou vás archanjelov?"

Rafael čakal, či bude mať ďalšie otázky.

Mal.

„A čo moji dvaja najlepší priatelia PJ a Arden. Ako do toho zapadajú? Obaja sú v kóme. Chcem ich priviesť späť. Pomôže im, keď im pomôžeš?"

Hlas v stene zahromžil v odpovedi.

„Nikto nevedie Lovcov duší. Nie je to ako spoločnosť zriadená za účelom zisku. Keď niekto zomrie, jeho duša sa zachytí a žije v pridelenom Lapači duší.“

„Nechápem to,“ povedal E-Z. Potom: „Počkať, niekto alebo niečo hi-jacklo Lovcov duší? A ak je odpoveď áno, potom určite budem potrebovať viac informácií o tom, kto to je, skôr než sa do toho pustíme. Ak ich nedokážete poraziť vy, archanjeli, ako potom očakávate, že to dokážeme my?“

Hlas v stene povedal Rafaelovi: „Nuž, Eriel sa mýlil, keď povedal, že tento chlapec je hrubý ako tehla. Dostal to, a to jedným ťahom. Výborne, E-Z.“

„Ehm, myslím, že vďaka,“ povedal. „Ale v čom presne som mal pravdu?“

Hlas pokračoval. „Tri bohyne skutočne skolili lovcov duší.“

E-Z otvoril ústa, aby prehovoril, ale skôr než to stihol, hlas prehovoril znova.

„Charles Dickens neprišiel v lapači duší, ako ste predpokladali. Pokrvní príbuzní majú moc nad časom a priestorom. Vyvolal si ho. Prišiel ti pomôcť.“

„Ja som ho neprivolal!“ E-Z povedal.

„A predsa sa vrátil, poznal tvoje meno a chcel ti pomôcť, je to tak?“ “Áno.

E-Z prikývol.

„A k tvojej poslednej otázke: Áno, životy tvojich priateľov sú v ohrození kvôli trom bohyniam."

„Bohyne?" E-Z zopakoval. „Ako v gréckej mytológii? Sú skutočné? Myslel som si, že všetky tie príbehy sú fikcia."

„Sú založené na historických faktoch," povedal Rafael.

„Nemôžeme sa postaviť proti tímu mytologických bohyň!" "To nie je pravda. E-Z zvolal. „Sme deti."

„Riziko je oveľa väčšie, ak to neurobíte, pretože nemáme nikoho iného, koho by sme mohli požiadať o pomoc. Nie je tu žiadny Batman, žiadny Spiderman, žiadni skutoční superhrdinovia. Jediní hrdinovia ste vy, deti, môžete? Pomôžete? Vieme ako, na vyriešenie tohto problému potrebujeme telá, ľudí na mieste. Ľudia so schopnosťami môžu zvíťaziť. Môžete to poraziť, vec. Tieto veci. Po prvé, môžete ich VIDIEŤ. My nie," povedal Rafael.

„Viem, že potrebujete pomoc, ale nevidím spôsob, ako by sme to mohli zachrániť - nie proti mocným bohyniam. Áno, máme schopnosti, ale proti čomu presne stojíme? Čo sa od nás bude očakávať? Aké nebezpečenstvá nám hrozia? Veď vy ste už mŕtvi - my nie. Ak ti pomôžeme - aké sú riziká?“

Zaváhal, a keď nikto nič nepovedal, pokračoval.

„Ak budeme súhlasiť, môžete ochrániť môjho strýka Sama, jeho ženu Samanthu a deti? Môžete zabezpečiť, aby PJ a Arden neskončili mŕtvi v Lovcoch duší? A čo z toho vyplýva pre nás? Veď by sme riskovali svoje životy. Nie ste ľudia, takže nemáte čo stratiť!“

Rozália sa vmiešala: „E-Za to nevidím, že by ste mali na výber. Máš pravdu, budú tu riziká a ja ešte nie som mŕtva - ale som stará -, takže riziko pre mňa nie je až také veľké. Okrem toho sa mi páči predstava, že keď sa môj život skončí, bude na mňa čakať lovec duší.“

E-Z prikývol. „To chápem. Myšlienka, že moji rodičia sa vznášajú okolo. Sami. Bez domova. Bez lapačov duší. No, je mi z toho zle. Rozčuľuje ma to tak, že sa mi chce pľuť. Ale aj tak sa musím porozprávať s ostatnými,“ zopakoval E-Z a prekrížil si nohy. Bol to taký dobrý pocit, že môže robiť také jednoduché veci, ako je prekríženie nôh.

Stáva sa z teba poriadny rečník, povedala mu Lia v duchu.

„Ehm, vďaka,“ odpovedal.

„Tak ako vtedy," povedal hlas. „Dvadsaťštyri hodín. Medzitým tu Rosalie zostane s nami."

„Ako váš hosť,“ zdôraznil E-Z.

„Budem v poriadku," povedala Rosalie. „A budem v kontakte tým, že sa porozprávam s Lijou. Lia a ja sa radi rozprávame."

Prikývol. S Lijou, prostredníctvom Lia. E-Z si nebol istý, čo vedia a čo nie - ale nemienil im dať nič, čo by už nemali.

„Čoskoro sa uvidíme," povedal a zamával im na rozlúčku.

Potom sa opäť vrátil na vozík. Stál tvárou v tvár svojim priateľom. Ale ako im to mohol povedať? Ako by im to mohol vysvetliť?

Nakoniec sa rozhodol, že najlepším krokom bude všetko im vyklopiť. A presne to aj urobil.

KAPITOLA 23
ZMENY

Hoci E-Z-ove správy neboli to, čo očakávali, Alfred aj Lia mali čo povedať.

„Majú odvahu!" Alfred zvolal. „Po tom, čo nám urobili. Mám na mysli sľuby, ktoré potom nedodržali a zmenili plán hry. Ja osobne nikomu z nich neverím ani zďaleka."

„Je to obrovské a týka sa to našich blízkych, ktorí zomreli," povedal E-Z.

„Ako to?" Sam sa spýtal.

„Nepoznám podrobnosti. Viem len, že sa to týka troch zlých bohyní, ktorých plánom je povýšiť a ovládnuť všetky lapače duší."

„To je šialené!" Lia povedala. „Prečo by ich chceli? Načo by si robili také problémy? Čo z toho majú?"

„Počkaj," povedal E-Z. „Poviem ti všetko, čo mi povedali. Majte na pamäti, že ani oni to nevedia s istotou.

„Každopádne je to tak. Sú to mytologické bohyne, ktoré boli oživené. Ich cieľom je ovládnuť Lovcov duší - akýmikoľvek prostriedkami.

„A spôsob, ktorý si vybrali, je zabíjanie ľudí. Ľudí, ktorí nemali zomrieť! A potom ich umiestnia do Lovcov duší, ktorých uniesli. Od ľudí, ktorí ich potrebujú. Takže ich duše nemajú kam ísť."

„Stále to nechápem," povedala Lia.

„Predstav si to takto. Lia, ty, Alfred a ja sme už boli v našich Lapačoch duší. Málokto tam môže vstúpiť, kým nie je mŕtvy. Veď kto by tam chcel byt?"

„Súhlasím," povedal Alfréd.

„Ditto," povedala Lia.

„Ale čo keby som ti teraz povedala, že tvoj Lapač duší naplnil niekto iný - a teda už nie je tvoj?"

„Ľudia o Lapačoch duší ani nevedia!" Alfred zvolal. „Väčšina si myslí, že ich duše idú do neba (alebo ak sú zlé, tak na horúce miesto.) Keby to vedeli, boli by z toho rozrušení. Ale oni to nevedia."

„Áno, nemôžeš si nechať ujsť niečo, o čom nič nevieš," povedal Sam. „Ani nemôžeš bojovať za niečo, o čom nič nevieš."

„Povedali mi, že duše mojich rodičov by sa teraz mohli vznášať niekde okolo, sú bez domova. To ma veľmi zasiahlo."

„A práve preto ti to povedali!" Sam povedal. „Je to otvorená manipulácia."

„Nie, je to citové vydieranie," povedal Alfred. „Ale chápem, prečo to povedali. Keby mi to isté povedali o mojej rodine, chcel by som sa do toho zapojiť. Chcem bojovať proti týmto bohyniam. Keby som bol horkokrvný, okamžite by som konal na základe svojich emócií. Ale musíme sa tu správať logicky. Musíme si zachovať chladnú hlavu."

„Kto sú vlastne tie bohyne? Čo o nich vieme?" Lia sa spýtala.

„A sme si istí, že archanjeli sú na správnej strane?" ,Áno,' opýtal sa. Sam sa spýtal.

„Povedali, že chyba z ich strany spôsobila, že sa to vôbec stalo - ale nepovedali mi presne, ako sa to stalo a prečo. A neboli v nálade na to, aby na nich niekto tlačil informácie - viac, ako som z nich už dokázal dostať. Okrem toho majú Rosalie a náš čas na rozhodnutie sa kráti.“

„Presne tak,“ povedala Lia. „A predsa, ako sa môžeme rozhodnúť, keď ani nevieme, proti čomu stojíme? Vedia, že sme deti. Áno, každý z nás má jedinečné schopnosti - ale stačia? Ak archanjeli nedokážu túto situáciu zvládnuť sami... prečo vedia, že to dokážeme my?“

„To nemôžem povedať. Naliehal som na nich, aby mi povedali viac. Keby nebolo hlasu v stene - nepovedali by mi toľko, koľko som sa dozvedel.“ ‚A čo?‘ opýtal sa.

„Ako sa opovažujú zatajovať pred nami informácie!“ Alfréd sa rozkričal.

„Vysvetlil som im, čo viem. Sú traja. Sú to bohyne - mytologické bytosti, o ktorých som si myslel, že nie sú skutočné.“

„Všetko, čo potrebujeme vedieť, aby sme sa proti nim vyzbrojili, môžeme zistiť online,“ povedal Sam. „Ale chvíľu to potrvá.“ Zaváhal. „Nemyslím si však, že budeme mať veľa šťastia pri hľadaní informácií o Lovcoch duší.“

„Už som to skúšal a nič som nenašiel.“

„Kedy ste o nich počuli prvýkrát?“ Sam sa spýtal.

„Hlas v stene mi naznačil, že mi o nich povedali už skôr, ale vždy, keď sa snažím spomenúť si, akoby mi informácie blokovala stena.“

„Páni! Mne sa stáva presne to isté,“ povedala Lia. „To je také čudné.“

E-Z sa pozrel na čas na svojom telefóne. „No, dal som vám všetkým veľa dôvodov na premýšľanie. Máme čas do rána, aby sme sa pevne rozhodli... ale myslím, že nemáme inú možnosť, ako súhlasiť s tým, že im pomôžeme. Veď ak to neurobíme, tak kto?“

„Rozmýšľal som nad tým istým,“ povedal Alfréd. „Ale aj tak sa mi nepáči spôsob, akým na to pristúpili.“

„Mne tiež,“ povedala Lia. „Idem si ľahnúť. Dobrú noc všetkým. Uvidíme sa ráno.“ Zavrela za sebou dvere.

„Potrebuješ niečo?“ Sam sa spýtal.

„Nie, som v poriadku. Dobrú noc, strýko Sam.“

„Dobrú noc, E-Z. Musím ti povedať, aký som na teba hrdý a akí by boli hrdí tvoji rodičia.“

„Vďaka.“

„A dobrú noc, Alfrede,“ povedal Sam, keď otvoril dvere.

„Dobrú noc,“ povedal Alfred, potom sa usadil s hlavou pod krídlom a zaspal.

E-Z, ktorý nemohol zaspať, hľadel do stropu s rukami za hlavou. Urobil niekoľko sedacích úderov, potom sa otočil na bok a dúfal, že sa mu podarí zaspať. Namiesto toho zbadal dve svetlá, jedno zelené a druhé žlté, ktoré sa k nemu vznášali.

„Si hore?" Hadz sa spýtal.

„Nie," povedal E-Z s úsmevom, keď sa posadil.

„Nemáme sa s tebou rozprávať," povedal Reiki, „ale musíme sa s tebou rozprávať, takže musíš uhádnuť, čo ti nemáme povedať."

„Hádat? To ako vážne? Môžeš mi niečo naznačiť... vieš, aspoň trochu mi zúžiť pole?"

Chcúci anjeli si navzájom šepkali. Zdalo sa, že sa nedohodli, pretože Hadz odletel na jednu stranu miestnosti a Reiki na druhú.

„K, idem spať. Keď na to prídeš, môžeš mi to ráno povedať."

Prikývol a potom sa zobudil. Sedel vo svojom kresle a vznášal sa po oblohe. Zapol si bezpečnostný pás. „Čo to?"

„Rozhodli sme sa, keďže sme ti nemohli zúžiť pole. Ani ti povedať, čo potrebuješ vedieť. Aby ste sa mohli informovane rozhodnúť... Že vám to radšej Ukážeme. Takže nás nasledujte."

Keď sa mraky prehnali okolo a čistý, ale chladný nočný vzduch mu naplnil pľúca, E-Z sa cítil živší ako už dávno predtým. V istom zmysle mu chýbalo, že bol povolaný na skúšky, aby pomáhal a zachraňoval ľudí, ktorí boli v ťažkostiach.

Odkedy prestal pracovať s Erielom, necítil sa ako superhrdina. Pravda, zachránil mačku, ktorá uviazla na strome. A zabránil bejzbalovej lopte, aby rozbila cenné vitrážové okno kostola.

Ale väčšinu svojho každodenného života myslel na budúcnosť. Plánoval dokončiť strednú školu v čo najlepšej pozícii, aby získal štipendium. Na najlepšiu vysokú školu alebo univerzitu, akú mohol dostať.

Strýko Sam a Samantha plánovali nové dieťa. To, či bude dieťa chlapec alebo dievča, držali v tajnosti a do novej detskej izby nesmel nikto vstúpiť. E-Z si pomyslel, že je zvláštne mať pätnásť rokov a čoskoro sa stať strýkom, ale tešil sa na to.

A Lia, tá si v škole počínala dobre, zapadla, aj keď sa za pomerne krátky čas dostala zo siedmich rokov na dvanásť skokom. Zdalo sa, že to, čo ju starlo, sa zastavilo, a teraz sa zdalo, že sa zamilovala do PJ. Určite dospievala a on sa usmial pri pomyslení na to, aká sa stala panovačná. Pripomínalo mu to malú

Dorritku Jednorožca. Od skúšok ju nevideli. Možno ju archanjeli poslali na pomoc Lii, keď boli všetci spojení. Potom prišiel jeho bratranec Charles Dickens. A PJ a Arden uviazli v kóme - a nikto nevedel, ako ich z nej dostať. Alfréd mal stále čo robiť, okolo domu. Odkedy prišiel strýko Sam, nemusel tak často kosiť trávu.

Opäť si spomenul na dva procesy, v ktorých našiel podobnosť. Tú s dievčaťom prezlečeným za postavu z viacerých hier. Druhý s chlapcom, ktorý mal zabiť E-Z, aby zachránil život svojej rodiny. Boli prepojené. Eriel mal pravdu. Len musel zistiť, čo to presne znamená.

„Už sme skoro tam?" spýtal sa a všimol si, ako sa ochladilo. Pohybovali sa rýchlo, blížili sa k národnému parku Údolie smrti v Mohavskej púšti. Bol december, jeden z najchladnejších mesiacov v roku pre púšť v noci a on si želal, aby si vzal mikinu s kapucňou. Bola taká tma, že hviezdy vyzerali miliónkrát jasnejšie. Ako oči na oblohe, medzi ktorými bola sotva prstová medzera, alebo aspoň tak to vyzeralo.

Anjeli vo výcviku neodpovedali. Znížili sa o niekoľko metrov a potom plnou rýchlosťou pokračovali v lete vpred.

„Skvelé!" povedal. „Dajte mi vedieť, kedy pristaneme. Určite by som si želal, aby som mal cestovnú kanceláriu, ktorá by mi povedala, čo to vidím.“

„Použite svoj telefón,“ zašepkali Lia a Alfréd. Potom sa odmlčali.

Leteli ďalej, nad Badwater Basin, najnižšie položené miesto v Severnej Amerike. Bolo tak pomenované, pretože voda v ňom je zlá - teda nepitná kvôli nadbytku solí. Ale niektorým živočíchom a rastlinám sa v nej môže dariť, napríklad uhorkám, hmyzu a slimákom.

Hlbšie sa vydali do Údolia smrti, zatiaľ čo E-Z si prezeral terén a snažil sa nemyslieť na to, aký je smädný.

„Už sme tam?“ spýtal sa znova, keď mu nad hlavou preletel čierny vták a zhodil kopu bobkov, než pokračoval v ceste. „Vitajte v Údolí smrti,“ povedal a utrel si ho chrbtom rukáva. Ponáhľal sa ďalej, aby dobehol Hadza a Reikiho.

KAPITOLA 24
ÚDOLIE SMRTI, U.S.A.

„Hurry up!" Hadz a Reiki povedali. „Už sme skoro v Rhyolite."

Tlačil sa dopredu a doháňal ich. „A čo presne je v Rhyolite?"

„Trochu pozadia," povedal Hadz. „Ak ste o ňom už nepočuli?"

E-Z pokrútil hlavou. O Veľkom kaňone sa učil v škole, väčšinou o tom, ako vznikol.

Hadz pokračoval: „Rhyolite bolo kedysi prosperujúce mesto počas zlatej horúčky v roku 1904. Netrvalo však dlho, v roku 1924 zomrel jeho posledný obyvateľ a zmenilo sa na mesto duchov."

„Čo znamená slovo Rhyolite?"

Reiki odpovedal: „Je to kyslá sopečná hornina - lávová forma žuly. Pomenoval ju geológ Ferdinand von Richthofen v roku 1860. Jeho pôvod je grécky, od slova rhyax, čo znamená lávový prúd." ‚A čo je to?' opýtal sa.

„Takže mesto malo veľkú zlatú horúčku a pomenovali ho podľa sopečnej horniny?" Zaváhal. „Myslím, že si pamätám niečo z hodín o sopečnej činnosti."

„To je pravda," povedal Hadz. „Datuje sa do obdobia pred dvoma miliónmi rokov."

„Takže táto hodina je zaujímavá a vôbec - ale stále netuším, prečo ideme do Rhyolitu." "To je zaujímavé.

„Pretože je to sídlo odpadlíkov." Reiki vyhrkla: "Pretože je to sídlo odpadlíkov.

„Tých, čo bojujú o kontrolu nad Lovcami duší."

„Kto presne sú a ako ich môžeme zastaviť? Tým my - myslím nás, Troch. Pretože Eriel a Rafael držia Rosalie a mimochodom, čas sa kráti. Dali nám len dvadsatštyri hodín, aby sme sa k nim vrátili."

„Pšššš," povedal Hadz. „Majú mimoriadny sluch a vietor k nim môže šepotom preniesť naše hlasy. Od tejto chvíle sa budeme rozprávať len mysľou."

E-Z sa pomocou mysle spýtal: „Čo sa stane, ak sa dozvedia, že sme tu? Myslím tým, či nás nebudú môcť vidieť?"

„Hadz a ja nie sme ľudia, takže sme mimo ich radaru. Ty však nie, preto sme ťa chránili štítom.“

„Výborne! Okolo mňa je neviditeľný ochranný štít - to je pre mňa užitočná informácia.“

V diaľke videl Čierne hory. „Stavím sa, že keď do tých hôr slnko zapeká teplo, dalo by sa na nich usmažiť vajce.“ Zaváhal: „A čo ten vták, čo ma pokadil? Mohli ho tam poslať zloduchovia, aby nás hľadal?“

Hadz a Reiki pokrútili hlavami. „Videli sme toho vtáka. Bol to havran - známy ako nosič správ z nebies.“

„Dobre, to je fér. Nemyslel som si, že to vyzerá ako havran. Povedz mi, čo to je, že to skolilo lovcov duší, a čo budeme musieť urobiť, aby sme ich porazili.“ „A čo to má spoločné s reinkarnáciou Charlesa Dickensa ako mladého chlapca?“ zaváhal. Opäť zaváhal. „A tiež, či sa Lia dostane do transportu? Vráti sa jednorožec Malá Dorritka, ak/keď budeme súhlasiť s tým, že vám pomôžeme?“ To bolo veľa rečí. Bol smädný a želal si, aby si priniesol fľašu vody.

POP.

Jedna sa objavila. Vypil ju naspäť po tom, čo nikomu nepovedal: „Ďakujem,“.

Reiki sa spýtal: „Počul si niekedy o Erinyesovi?“ „Áno,“ odpovedal.

E-Z pokrútil hlavou.

„Známe aj ako Fúrie," povedal Hadz.

„Netuším, čo sú obe... ale mám matnú spomienku, možno niečo z nejakej hry?"

„Sú známe pod spoločným názvom Bohyne pomsty." "To je pravda.

„Povedz mi viac. Na kom sa mstia?"

„Prečo, na celej ľudskej rase!" Hadz si odfúkol.

„Už sme sa o tom s priateľmi rozprávali. Väčšina ľudí o Lovcoch duší nevie. Väčšina verí, že máme duše. Duše, ktoré idú buď do neba, alebo do pekla - v závislosti od rozhodnutí, ktoré v živote urobíme."

„Áno, sme si toho vedomí," povedal Hadz.

„Tak mi to povedzte," požiadal ju E-Z. „Kde je v tom všetkom Boh? Boh alebo Ježiš, Alah, Budha... akokoľvek ho poznáte. Kde je?"

Hadz a Reiki hľadeli pred seba bez odpovede.

„Dobre, chápem, že na túto otázku neviete odpovedať. Odpovedzte mi radšej na túto. Prečo bohyne trestajú ľudí pomocou niečoho, čo si ani neuvedomujú? Chápem, že sú zlé, ale aj tak to znie smiešne." ‚Čože?' opýtal sa.

„Deti," povedal Hadz.

„Trestajú beztrestných. Ale..."

„Ach, čakal som na ale... Pokračuj."

„Fúrie zneužívajú svoju moc. Posúvajú hranice. Zameriavajú sa na nevinných. Nevinné deti, ktoré sa hrajú hru."

„Počkaj, chceš povedať, že deti, ktoré hrajú hry, sú trestané za veci, ktoré robia v rámci hry? Ale hra predsa nie je skutočná! Ako môžu byť v skutočnom živote trestané za niečo, čo nie je skutočné?"

„Ja to viem a ty to vieš, ale pre Fúrie je to všetko rovnaké. Ak v hre niekoho zabiješ, prejdeš rovnakým myšlienkovým procesom ako vrah. Zahŕňa to plánovanie, zámery zabiť a potom to dotiahnuť do konca. V niektorých prípadoch ide o masové vraždy. A áno, je to nevinné a žiada sa od nich, aby tieto veci urobili, aby sa dostali ďalej v hre. Pre Fúrie sú deti beztrestné a keď sú v hre, sú férovou hrou."

„Počkajte chvíľu!" E-Z zvolal. „Čo tu presne hovoríš? Myslím, že som pochopil podstatu, ako do toho zapadajú Lovci duší, ale tá myšlienka je taká zlá... nechcem na ňu ani pomyslieť, nieto ju vysloviť."

„Fúrie sa mstia hráčom hier. Tých, ktorí zhrešili vo svojich srdciach," povedala Reiki. „Nie je im súdené zomrieť! Ich Lovci duší nie sú pripravení prijať ich duše, a tak..."

„Nemajú kam ísť,“ povedal Hadz.

„A Fúrie ich zhromažďujú tu, tým, že vytvárajú svoj vlastný kmeň Duší. Ukladajú duše detí do ukradnutých Lapačov duší.“

„To vytvára chaos,“ povedal Hadz.

„Takže vy, deti, musíte pomôcť.“

„Počkajte chvíľu!“ E-Z povedal. „Počkajte, dočerta!“

KAPITOLA 25
ŠTYRI OČI

Oh, o," vykríkol Hadz, pretože tmavý mrak sa rýchlo pohyboval po oblohe a mieril ich smerom.

„Nemohli preniknúť cez ochranný štít!" Reiki zvolal.

E-Z sa mu pozrel cez plece. To, čo uvidel, bolo čierne čosi, čo nebol mrak. Bolo to totiž podobné hadovi. S rozvetveným jazykom olizujúcim vzduch. Namiesto dvoch očí to malo množstvo očí. Príliš veľa na to, aby sa dali spočítať. Z každého kvapkala krv. Krv a pariaci sa žltý hnis.

Jazyk tej veci sa posúval sprava doľava. Vydával šľahavý zvuk, zatiaľ čo čeľuste sa otvárali a zatvárali. A z jej hrdla sa ozýval chrapľavý zvuk, ktorý sa striedal s piskotom a bzučaním.

S vetrom za chrbtom naplnil vzduch najodpornejší zápach a čoskoro sa dostal až k nosným dierkam E-Z, Hadža a Reikiho.

Zápach bol nanajvýš odporný. Horší ako síra. Alebo zhnité vajcia. Hnusnejší ako septik a hnijúce mŕtvoly dohromady.

Trojica sa posunula vyššie, takže mohli vidieť za hrebeň, ktorý si predtým nevšimli. Za ním sa nachádzali strieborné nádoby. Lapače duší. Kam až oko dovidelo.

„Toľko! Sú všetky naplnené deťmi? Ale nie!" E-Z povedal nosovým tónom, keďže si stále zapchával nos. Hoci stále cítil zápach.

PTOOEY.

Vyhli sa striekaniu žltého hnisu.

„Čo to, dočerta, je?" E-Z zakričal.

Dole bolo vidieť obrovskú očnú guľu. Bola zatvorená. Zamaskovaná.

PTOOEY. PTOOEY. PTOOEY.

„Ale nie!" E-Z vykríkol. „Očné bubáky!"

Vystrelil na nich a vypustil svoju horúcu, lepkavú tekutinu.

„Držte sa!" Hadz a Reiki zakričali.

Každý z nich chytil E-Z za jedno ucho.

"Ahhhhh!" he cried.

PTOOEY.

E-Z sa tomu bubákovi vyhol, ale takmer sa spojil s jeho vozíkom.

FIZZLE.

POP.

POP.

E-Z bol opäť vo svojej posteli. Po čele mu stekali kropaje potu.

Alfréd zatiaľ naďalej chrápal na konci postele.

„To bolo príliš blízko!" E-Z povedal. „Prenikli cez ochranný štít? Videli nás? Vedia, kto som, kde bývam?"

„Nie, dostali sme sa odtiaľ skôr, ako sa cez nás dostali," povedala Reiki.

„Možno je to hlúpa otázka, ale prečo ste nás jednoducho POP nedostali dnu a von hneď na začiatku. Namiesto toho, aby ste sa zdržiavali letom až tam - a ohrozovali naše životy?"

„Museli sme vám to UKAZAŤ."

„Pred bitkou... Ako tomu hovoríte..."

„Myslíte prieskum?" E-Z sa spýtal.

„Áno, to je pravda. Museli sme vám to ukázať. Museli ste to vidieť, na vlastné oči. Celé. To, proti čomu stojíš," povedal Hadz.

„Usúdili sme, že to, čo sa dozvieš, bude stáť za to riziko."

„Hádam to ukáže čas," povedal E-Z.

„Prepáč, ak sme zašli priďaleko," povedal Hadz.

„Naozaj sme mali na srdci tvoj najlepší záujem."

„Ja viem, že áno. A som rád, že som videl Lovcov duší. Koľko ich bolo - to ma naozaj šokovalo."

„Áno, aj nás to šokovalo. A môžeš si byť istá, že to šokovalo aj archanjelov. Keď to videli prvýkrát."

„To si nemal hovoriť," povedala Reiki.

POP.

Hadz zmizol.

„No, teraz je to v poriadku," povedal E-Z.

„To je jedno."

„Stále nemôžem prísť na to, čo z toho majú Fúrie? Čo je ich cieľom? Už na to niekto prišiel?"

„Každý deň pridávajú ďalšie. Ďalšie deti hrajúce hry, ktoré sa nechávajú vtiahnuť do ich siete."

„Ale prečo sa verejnosť nebúri? Nemali by sme to povedať svetovým lídrom, prezidentom, premiérom? Nemohli by niečo urobiť?"

„Zamysli sa, čo by urobili ako prvé? Poslali by tam armádu. Zomrelo by viac ľudí. Viac Lovcov duší potrebných pred ich časom.

„Hranie podľa toho, čo sme pozorovali, je celosvetový fenomén. Zlé sestry berú duše nič netušiacim deťom.“

„Ale väčšina vodcov má svoje vlastné deti,“ povedal E-Z. „Určite, keby to vedeli, chceli by chrániť svoje deti a chceli by chrániť aj ostatné deti.“

„Skôr by sa Fúrie zamerali na ich deti. Bolo by to, ako keby im hádzali pred nosom palicu,“ povedal Reiki.

POP.

Hadz bol späť.

„Páčilo by sa im, keby mohli zničiť veľké a mocné deti. Momentálne sa zdá, že to, čo robia, je náhodné - vybrané v rámci hry,“ povedal Reiki.

„Povedz mi viac o tom, čo o nich vieš.“ E-Z sa spýtal.

Hadz zašepkal: „Ich mená sú Allie, Meg a Tisi. Allie sa mstí za hnev, Meg za žiarlivosť a Tisi je známa ako pomstiteľka.“

„Dobre, tak prečo tak smrdia? A ako sa dajú poraziť všetky tri?“ E-Z sa spýtal a pozrel sa na hodinky. Práve sa blížila ôsma hodina ráno. Potreboval sa porozprávať so zvyškom gangu, aby získal Rosalie späť. Ako im mal povedať o tejto strašnej trojici a všetkých deťoch v tých Lapačoch duší?

„Legenda hovorí, že ich v minulosti potrestali za to, že robili svoju prácu. Teraz našli túto medzeru s virtuálnou realitou, novým ľudským vynálezom.“ "Čože? Hadz zaváhal. „Prečo ľudia nikdy nechcú žiť svoj život v prítomnosti? Prečo musia utekať a hrať hlúpe hry, ktoré ohrozujú ich životy?“ Rádoby anjel sa začervenal a nesmierne sa rozčúlil.“

Reiki sa pokúsil utešiť svojho priateľa slovami: „Nevedia, čo robia.“

„Nevedomosť nie je výhovorka,“ povedal E-Z. „Musíme ich poslať späť tam, kde boli pred vynájdením VR. A musíme im vrátiť duše detí, ktoré uniesli pod falošnou zámienkou. Jediná vec je, AKO ich máme presvedčiť, že robia zle? Že kradnú životy a trestajú ľudí za myšlienky, nie za skutky?

„Teraz, keď som mal možnosť nahliadnuť do Fúrie - viem, že vám musíme pomôcť viac ako kedykoľvek predtým. Ale stále musím presvedčiť ostatných. Aj keď budú súhlasiť, stále bojujeme proti presile. Chcem byť pozitívny. Povedať, že sme na túto úlohu pripravení. Ale nebudeme to vedieť s istotou, kým nepríde čas boja.“

Udrel do vankúša a podržal si ho na kolenách. „Počkajte chvíľu, oni zomreli? Myslím tým, či Fúrie utiekli pred vlastnými Lovcami duší? A ak áno, ako? Kto im pomohol dostať sa von?“

Hadz sa pozrel na Reikiho a Reiki sa pozrel a Hadza.

POP.

POP.

Boli preč.

„Výborne!“ E-Z povedal. „Proste fantastické!“

KAPITOLA 26
YIN A YANG

Hoci sa E-Z snažil spať, nemohol. Neustále premýšľal a kládol si otázky. Otázky, na ktoré nevedel odpovedať.

Vstal teda z postele, klikol na počítač a začal pátrať.

Onedlho narazil na zlato. Keď našiel odkaz Fúrie a tri grácie. Zdalo sa, že sú ako in a jang jeden druhého. Jedna dobrá, druhá zlá. Uvažoval, že by túto informáciu mohli využiť vo svoj prospech. Ak sa podarilo priviesť na zem zlé bohyne, mohli by privolať aj dobré bohyne?

Najskôr navrhol archanjelom, aby ich priviedli späť - za predpokladu, že to dokážu. Chcel presne vedieť, čo by milosti priniesli.

Áno, boli to bohyne. Dcéry Dia, ktorý bol bohom neba. Ich moc smerovala k pôvabu, kráse a tvorivosti.

Čítal ďalej, ale nedokázal si predstaviť, ako by mu pomohli proti Fúriám.

Napriek tomu mal trochu času, a tak pokračoval v čítaní Prečítal si nejaký text akreditovaný u Nietzscheho. O jeho teóriách o dobre a zle sa stále diskutovalo a diskutovalo na fórach.

Potom mu v hlave vyskočila spomienka. Stávalo sa to menej, vracali sa mu spomienky na rodičov. Dúfal, že nikdy neprestanú.

Táto bola rozhovor s jeho otcom. O Newtonovom treťom zákone. Vybrali sa na loď a chytali ryby.

„Je to spôsob, akým sa ryba poháňa vo vode,“ vysvetlil mu otec.

Odvtedy sa o ňom dozvedel viac zo školy. Pomyslel si, že Newton a Nietzsche by viedli celkom zaujímavé rozhovory. Ich životy však delili tisícky rokov.

Potom mu to došlo. On, Lia a Alfréd boli protipólom Fúrie.

Vedeli to už archanjeli? Preto sa zdalo, že tak naliehajú, aby len on a jeho tím dokázali poraziť Fúrie?

Otázka, ktorá mu však stále behala hlavou, bola - mohli by vyhrat?

Bolo vôbec možné zastaviť Fúrie?

Musel sa o tom porozprávať s ostatnými.

Vypol počítač a vrátil sa, aby si trochu zdriemol, kým sa ostatní zobudia.

Všetci očakávali, že bude mať všetky odpovede. On ich nemal, ale robil, čo mohol. Odkedy sa stal vodcom, život bol taký.

KAPITOLA 27
ČERVENÁ IZBA

E-Z bol v červenej miestnosti. V miestnosti, ktorá páchla krvou. Zo silného zápachu železa ho zabolel nos a zakryl si ho rukou, potom prešiel pár krokov dopredu. Jeho kroky zanechávali na zakrvavenej podlahe stopy. Kde sa nachádzal? V pekle? Aspoň tu mal možnosť utiecť, ale kam? Neboli tu žiadne dvere. Žiadne okná. Žiadne svetlo, a predsa videl, že všetko je červené. A mokré.

Vytiahol telefón a klikol na aplikáciu baterky. Lúčom baterky sledoval steny okolo seba. Všetky boli rovnaké. Zakrvavené a kvapkajúce. A smradľavé. Čakal. Volať o pomoc sa mu nezdalo múdre. Možno by bolo lepšie, keby mu to, čo ho priviedlo na toto miesto, neprišlo v ústrety. Radšej by sa s nimi nestretol. Lúč baterky zhasol a jeho telefón sa vybil. Bál sa pohnúť, stál bez pohnutia a počúval.

Plazenie, niečo. Plazenie, po podlahe. Jeden sa blížil po stene napravo a druhý naľavo. Tri. Hady.

Potom sa vzduch v miestnosti zmenil a objavil sa známy zápach. Hniloba. Vajíčkový. Sírny. Hnijúca mršina.

Zakryl si nos. Tak ako predtým, ani teraz to nezamaskovalo odporný zápach.

Čakal.

Chceli ho teda osamote. Mali ho. Postaral by sa, aby to oľutovali, keby to bola posledná vec, ktorú kedy urobil.

„Mohli by sme ťa zjesť na raňajky," zakričala Tisi.

„Alebo na obed," povedala Alli. „Som predsa len trochu poďobaná."

„Alebo popoludňajší čaj, nie je ho veľa. Nie pre nás troch, aby sme sa delili," povedala Meg.

E-Z sa každým vláknom svojej bytosti sústredil na svoje krídla. Boli jeho jedinou nádejou na útek a boli zbytočné.

„Pozri!" Meg vykríkla. „Snaží sa použiť svoje malé krídla."

Tisi a Alli sa zdvihli. Meg sa k nim pridala, keď sa vznášali tesne mimo jeho dosahu.

Pod jeho nohami sa podlaha triasla a dunela. Akoby sa mala otvoriť a pohltiť ho. Ustúpil, aby sa oprel o stenu. Keď sa jej však dotkol, jeho košeľa bola mokrá. A keď na ňu položil ruku, vrátila sa mu celá od krvi.

„Ja sa nebojím, vás troch mrch!" zakričal.

„Možno sa nás nebojíš - zatiaľ -" Meg vykríkla.

„Ale čoskoro budeš," zasyčala Tisi.

„Zatiaľ si to môžeš vybaviť s tými tromi," zašepkala Meg a z jej odporného dychu sa mu takmer chcelo zvracať.

Tri hady využívajúce páku výšky sa k nemu vrhli. Ich rozvetvené jazyky syčali a prskali. Potom sa začali ovíjať okolo seba. Spájali sa, prepletali. Až sa z nich stal jeden obrovský had s tromi hlavami a tromi bičmi. Bičmi, ktoré sa lámali smerom k E-Z, aby ho udržali na mieste.

Odsunul sa ešte viac dozadu. Keď za sebou počul škrípanie krvi, akosi ho to upokojilo. Jeho telo sa uvoľnilo, keď sa chrbtom zabáral do rohu o krvavú kvapkajúcu stenu.

„Pozri sa naňho," povedala Tisi. „Je to len chlapec a nikomu neublížil. Vlastne je taký dobrák, škoda, že ho musíme zničiť."

„Áno, jeho srdce je čisté," povedala Meg. „Ale na srdci má čiernu škvrnu. Škvrnu pomsty, ktorou by sa rád pomstil tým, ktorí sú zodpovední za smrť jeho rodičov."

„Nehovor o mojich rodičoch!" E-Z zakričal a zatlačil sa hlbšie do krvavej steny. Mal strach. Bál sa, že to, čo hovorili, je pravda. Zavrel oči. Keby ich nevidel, možno by odišli. Vtom niečo za ním povolilo. A on začal padať voľným pádom dozadu. Padal. Padal.

THUMP

Pristál na svojom vozíku a odleteli.

Späť v Červenej izbe Fúrie zúrili!

„Choďte za ním!" Tisi zakričala.

„Chyťte ho!" Meg zakričala.

„Je neskoro!" Alli povedala. „Akoby zmizol!"

„Vráťme sa do Údolia smrti," povedala Meg. Odišli a Červená izba zostala prázdna. Ich zápach však stále pretrvával.

THUMP.

„Krvácaš," povedal Sam. „Odnesieme ho do kúpeľne. Môžeme sa pozrieť, ako veľmi je zranený." Sam tlačil vozík k dverám.

„Nie, prestaň!" E-Z povedal. „Som v poriadku. Tá krv nie je moja. Ale musím sa umyť. Spláchnuť zo seba ten zápach. Potom vysvetlím, čo sa stalo. Sľubujem."

„Pokiaľ si si istá, že si v poriadku," povedal Sam.

Po jeho odchode si Sam, Lia a Alfred nevedeli nič povedať. Mlčky čakali, kým sa vráti.

V kúpeľni E-Z umiestnil svoj invalidný vozík na rampu. Keď prestavovali dom, strýko Sam preňho vymyslel novú sprchu. Poskytla mu väčšiu nezávislosť. A bola to zábava! Podobná umývaniu auta.

Natiahol sa a cez popruhy si prestrčil ruky a krk. Stlačil tlačidlo, aby sa pohol dopredu, a jeho stolička ho nasledovala. Okamžite začala tiecť voda. Čistila jeho telo a oblečenie súčasne. Každú chvíľu vystrekol sprchový gél alebo šampón, po ktorom nasledovala voda, aby ho zmyla.

Teraz, keď bol čistý, pokračoval v pohybe dopredu a spustil sušiaci mechanizmus. Ten ho vysušil a jeho oblečenie sa za pár minút zbavilo záhybov.

Keď sa dostal na koniec, odpojil sa od popruhov a klesol do kresla. Skontroloval sa v zrkadle. Jeho vlasy už vyzerali tak dobre, že ich ani nemusel česať. Vrátil sa do svojej izby. Keď uvidel svojich priateľov, zdvihol sa mu žalúdok a zvracal.

„Je mi to ľúto," povedal. „Veľmi sa ospravedlňujem."

Lia a Alfred sa mu vrhli okolo krku. Zvratkami sa nezaoberali. Oddaní priatelia si s takýmito vecami nerobia starosti.

Sam išiel po misku a vodu, aby synovca umyl.

E-Z bol vďačný za pomoc a dal mu čas premyslieť si, čo povie a ako to povie.

„Vďaka, strýko Sam. Ehm, čo ti musím povedať. Nie je to pekné."

„Pokračuj," povedal Alfred.

„Sme tu pre teba," povedala Lia.

„Posaďte sa, strýko Sam."

Vymenovali sa na všetko bez slova.

„Som v tom," povedal Alfred.

„Ja tiež," povedala Lia.

„Ja traja," povedal Sam.

„Súhlasím," povedal E-Z. A o sekundu neskôr už bol na ceste späť do bielej izby. Alebo aspoň dúfal, že tam ide.

Kdekoľvek bolo lepšie ako v červenej izbe. Vôbec kdekoľvek.

KAPITOLA 28
BIELA IZBA

Keď sa nohami dotkol zeme, biela miestnosť vyzerala akosi inak.

E-Z sa cítil taký šťastný, že je späť v pohodlí bielej miestnosti. Kde sa mohol prechádzať. Dotýkať sa kníh. Cítiť vôňu kníh. Ale niečo bolo zvláštne. Nie.

Upevnil sa. Všimol si, že sa mu trasú ruky. Kolená sa mu triasli. Teraz mu drkotali zuby.

Objal sa rukami a želal si, aby si vzal bundu. Čakal a očakával, že nejaká príde. Nedostavila sa.

„Čo je to za miesto?" spýtal sa.

Žiadna odpoveď.

„Cheeseburger s hranolkami," povedal.

Nič.

„Chop suey, s vaječnou rolkou," povedal s väčšou autoritou.

„Žiadam vedieť, kde som!" zvolal.

Nič.

Nadhodil.

„Rozália?" zavolal. „Si tam? Eriel? Rafael? Ktokoľvek? Hadz? Reiki?"

Opäť nič.

Ani zdvorilé PFFT, aby sa upokojil.

Známe knihy boli jedinou kotvou, ktorá ho držala na tomto mieste. Prešiel k rebríku, posunul ho pod Ds. V očakávaní, že nájde Charlesa Dickensa, začal liezť. Namiesto toho zistil, že každá kniha, ktorej sa dotkol, súvisí s herným svetom.

Čo sa to vlastne stalo?

A žiadna z tých kníh nemala krídla. Všetky boli úplne nové. Akoby ich ešte nikto neotvoril.

Takmer spadol z rebríka, keď sa ozval hlas,

„E-Z Dickens - toto nie je biela izba, ktorú poznáte. Je to replika. Poslali vás sem na výskum. Každú knihu, ktorú potrebujete, máte na dosah ruky. Každú knihu si musíš prečítať a preskúmať celú."

„Nemôžem všetky tieto knihy prečítať rýchlo, trvalo by mi roky, kým by som všetky tieto knihy prešiel!"

„Preto ti bude daná ďalšia moc. Moc, ktorá sa prejaví len v múroch tejto miestnosti. Čítaj teraz. Rýchlo. Zúrivo. Zapamätaj si to všetko."

Keď sa tento hlas skončil, začal sa iný,

„Desať, deväť, osem, sedem, šesť, päť, štyri, tri, dva, jedna. Teraz si prečítajte E-Z Dickensa. Dajte sa do toho."

E-Z prešiel rýchlo každú jednu knihu.

Keď jednu dočítal, hneď mu do rúk padla ďalšia. Potom ďalšia a ďalšia.

Prečítal ich všetky, až kým už nemohol čítať ďalej.

Dúfal, že mu nevybuchne hlava!

Potom padol k stene, oprel sa do kúta a rozplakal sa, keď sa mu v hlave sformuloval plán.

Nápad mu prišiel na um, keď si spomenul na PJ a Ardena. Prečo ich Fúrie uviedli do kómy namiesto Lovcov duší? Boli v hre - celý čas sa hrali hry, prečo ich nezabiť?

Plán vyzeral takto: On a jeho tím vymyslia vlastnú hru pre viacerých hráčov. Sam by poznal ľudí, ktorí by mohli pomôcť v tomto odvetví. Keď by sa Fúrie vrhli na ich duše - zlikvidovali by ich.

Prial si, aby tam boli Arden a PJ a hrali s ním - pretože by mu kryli chrbát. To bolo v poriadku, on im kryl chrbát. Chystal sa ich zachrániť a oslobodiť.

Prechádzal sem a tam a všetko si premyslel. Jeden aspekt by nefungoval. Ak by sa s ním pustil do hry a odmietol by zabíjať - boli by mu na stope. A mohlo by to ohroziť aj ostatných.

Nie je to tak, že by mohol povedať všetkým hráčom hry na svete, aby prestali hrať. Keby im povedal pravdu, o troch bohyniach, ktoré sa im snažia ukradnúť dušu, zavreli by ho.

Napriek tomu to bol jediný nápad. Jediná jasná cesta, ktorú videl, ako poraziť Fúrie v ich vlastnej hre.

Rezignovane si povedal, že nič lepšie ho nenapadne, a povedal: „Dostaňte ma odtiaľto.“

A práve tak bol sám v skutočnej bielej miestnosti s Rosalie a Rafaelom. Premýšľal, kde je Eriel, nie že by mu chýbal.

„Dobre, mám nápad. Akýsi plán,“ povedal. „Ale nie som si istý, či to bude fungovať. Potrebujem odpovede na dve otázky. A mám požiadavku na tretiu - o tej požiadavke sa nedá vyjednávať.“

„Pýtaj sa,“ povedal Rafael.

„Číslo jedna, budem môcť zachrániť svojich najlepších priateľov PJ a Ardena, ak budeme čeliť Fúriám?“ ‚Áno,‘ odpovedal.

Raphael zaváhal, kým prehovoril. „Ak sa ti to podarí, nie je dôvod, prečo by tvoji priatelia nemali byť zachránení.“

„Krížom krážom?“ povedal.

Urobila tak.

„Ako som predpokladala, za ich stav môžu Fúrie. Je to tak?“

„Áno, veríme, že je to pravda. Tvoji priatelia majú v istom zmysle šťastie, pretože ich duše zostali nedotknuté. Čo však nevieme zistiť, je prečo, teda ak sa stali terčom Fúrií. V každom inom prípade, o ktorom vieme, vzali duše deťom. Nevieme o žiadnych iných, ako sú vaši priatelia, ktorí zostali nažive v komatóznom stave.“

„Aj o tom mám predstavu, ale potrebujem vedieť, že ak Fúrie porazia, čo sa stane s PJ a Ardenom? Čo sa stane so všetkými deťmi, ktorých duše sú už v lapačoch duší? Nemali zomrieť. A čo sa stane s dušami bez domova?“

„Práve teraz Fúrie využívajú silu internetu. Umožňuje im prístup do sŕdc a domovov každého človeka na planéte. Je to, akoby ste všetci nechali otvorené dvere a okná - takže sa tam môže dostať ktokoľvek. Je pravda, že Fúrie sú len tri - ale ich moc je veľká. Sú to mýtické bytosti, bohyne, ktorých pôvod siaha až k Diovi. Počuli ste o Diovi, však?“

„Čítal som, že bol bohom neba a otcom Troch grácií. Boli by nám schopné pomôcť, keby si ich priviedol späť?“

„Zeus v tom nie je. Ani jeho dcéry nie sú. My archanjeli sa s časom nehráme. A vždy sme verili, že Lovci duší sú posvätní. Nedotknuteľní. Až doteraz.“

„Výborne, takže si myslíte, že moji priatelia sa stali terčom Fúrie, ale nie ste si tým celkom istí. Nie viac ako ja, však?“

„Správne. To preto, lebo nemôžem na sto percent povedať áno alebo nie. Ak sa tvoji priatelia hrali hry. Myslím tým zabíjanie v rámci hier... Potom by spĺňali kritériá Fúrie.

„Ale keby ich chceli mŕtve - už by boli mŕtve. Ibaže... nie, to by nedávalo zmysel. Znamenalo by to, že vedia o tebe a tvojom tíme. Nie je možné, aby to vedeli. Držali sme to pod pokrievkou. Ak by to vedeli, potom by držali tvojich priateľov nažive pre prípad, že by potrebovali páku.“

„Myslíš ako tromf pri vyjednávaní?“

„Možno, ak mám byť úprimný, neviem. Ako som povedal, všetko o tebe a tvojom tíme sme držali v tajnosti. My, vrátane mňa a ostatných archanjelov, by sme urobili čokoľvek, aby sme ťa ochránili.

„Fúrie získali v priebehu storočí moc. Nikdy sa však nezameriavali na nevinné deti. Nikdy neprekrútili svoj program tak, aby vyhovoval ich vlastným zámerom.“

„Aké sú ich ciele?“ E-Z sa spýtal.

„To nevieme.“

E-Z povedal: „Práve preto musíme mať čo najväčšiu šancu, aby sme proti nim zvíťazili.“

„Presne tak, ale každým dňom kradnú ďalšie detské duše a tento proces urýchľujú.“

„O koľko sa zrýchľuje?“ E-Z sa spýtal.

„O tisíce, myslíme si, ale čoskoro to budú milióny. Čoskoro bude neskoro ich zastaviť.“

„Dobre, chápem, čo tu hrozí, ale sme len deti a nechceme ísť do toho naslepo. Sme smrteľní a oni tiež. Musíme premýšľať, zvážiť všetky možnosti, než začneme riskovať svoje životy.“

„Chápeme to a ako som povedal, budeme vám kryť chrbát.“

„A teraz k mojej ďalšej otázke, chcem vedieť, čo mám robiť s desaťročným Charlesom Dickensom?“ ‚Áno,‘ odpovedal som.

„Aha, to,“ povedal Rafael. „Po prvé, s jeho reinkarnáciou nemáme nič spoločné. Máme teóriu, okrem tej, ktorú sme ti povedali, teda že si ho vyvolal ty. Zaujímalo by nás, či jeho návrat, bol omyl z ich strany. Možno sa vesmír otvoril a poslal vám ho na pomoc, ako rovnováhu. Koniec koncov, je to pokrvný príbuzný. A je to rozprávač a majster zápletiek. Možno má nástroje a poznatky, o ktorých ešte neviete, aby vám pomohol poraziť Fúrie."

E-Z opatrne volil slová. „Ale je to ešte dieťa. Ešte nenapísal ani jednu vec. Bude rozptyľovať pozornosť, navyše je z inej doby a mohol by nás a našu misiu ohroziť."

„To záleží na tom," povedal Rafael. „Mohol by byť tajnou zbraňou. Je tu kvôli tebe. Ak mu veríš. Že sa narodil, aby bol spisovateľom. Potom vo svojich desiatich rokoch už bude mať všetky potrebné schopnosti. Využi ho vo svoj prospech, ak sa tak rozhodneš."

E-Z zaťal päste. „Chceš povedať, že máme môjho bratranca použiť ako návnadu?"

Rafael sa zasmial a zatrepal, čím vyvolal zbytočný vánok.

„Pomohlo by, keby si prestal tak mávať," povedala Rosalie. „Som navrstvený svetrami, aj tak sa tu neviem zohriať. Mimochodom, už by som chcela ísť domov.

E-Z a ostatní súhlasili, takže som urobila, čo bolo treba. A teraz na vidieku, dovidenia. Nechajte ma ísť domov."

BINGO.

Rosalie zmizla a pristála späť vo svojej izbe. V duchu sa rozprávala s Lijou a povedala jej, že sa vrátila nezranená a teraz si ide zdriemnuť.

E-Z myslela na ďalšiu neoddiskutovateľnú požiadavku.

„Chcem, aby boli so mnou Hadz a Reiki v našom tíme."

Rafael sa usmial. „Hadz a Reiki sú viazané s Erielom naším vodcom Michaelom."

„Dovoľ mi teda s ním hovoriť. Títo dvaja nám pomohli. Prídu, keď ich zavolám. Ak máme bojovať proti prastarému zlu, potrebujeme tých dvoch na našej strane, aby nám pomohli."

„Michael sa s tebou nemôže rozprávať. Prednesiem však tvoju žiadosť. Ak to bude považovať za potrebné, dá mi vedieť a ja zasa dám vedieť tebe. Je tu ešte niečo?"

„Áno. Potrebujem vedieť, ako sa zbaviť Fúrie. Máme ich zabiť? Poslať ich späť tam, odkiaľ prišli? Čo presne od nás žiadaš, aby sme s týmito bohyňami urobili?"

„Zviažte ich, zadržte ich - a my urobíme zvyšok. Ak tvoj plán vyjde, mali by sme byť schopní prevziať kontrolu nad Lovcami duší. Všetko vrátime do pôvodného stavu."

„A čo tí, čo zomreli predčasne?"

„Všetci sa vyrovnajú... keď budú nepriatelia neutralizovaní."

„Skôr než ma pošlete späť," povedal E-Z, "potrebujem niečo, nejakú poistku, že nám už neprekročíte cestu. Tou poistkou malo byť to, že nám dáte Hadžu a Reiki, ale keďže mi to nemôžete dať, potom potrebujem niečo iné. Niečo, čo môžem vziať späť k ostatným a povedať, že toto je dôkaz, že nás nezradia, ako to urobili v minulosti."

„Ako čo?"

„Mali by stačiť tvoje okuliare," povedal.

Rafaela klesla na kolená, krídla jej prestali mávať a odcválali. „Nie to, nič iné, len to," zvolala. „Bez okuliarov ti nepomôžem a nepomôžem nikomu."

„Archanjeli tu držali Rozáliu proti jej vôli. Využili ju, aby sa dostali ku mne. Zmenili ste názor na dané sľuby, zrušili ste moje skúšky..."

Dotkla sa obruby okuliarov, potom si ich zložila. V jej rukách sa okuliare zmenili na hada, červeného hada, ktorý sa plazil na ruku E-Z a šmýkal sa hore, hore, hore.

„Čo to!" E-Z vykríkol, keď had pokračoval ďalej po jeho krku. Cez okraj jeho brady. Prešmykol sa cez jeho pevne zovreté pery. Nahor a cez nos. Potom sa rozpoltil a obtočil sa okolo každého ucha. Potom sa vrátil do pôvodného stavu pulzujúcich okuliarov.

„Moje okuliare sú teraz tvoje, nech urobíš čokoľvek - nedovoľ, aby ti ich Fúrie zobrali. Ak sa to stane, všetci by sme boli zničení."

„Počkaj!" ozval sa hlas zo steny. „Čo ak sa ti to nepodarí? Veď ste len deti."

„Nemôžem sľúbiť úspech - ale dáme do toho všetko, čo máme. Ale bolo by dobré vedieť, že ak budeme potrebovať vašu pomoc, použijete svoje schopnosti, aby ste nám pomohli."

„Dohodnuté," ozvalo sa v hlase.

E-Z bol späť na vozíku vo svojej izbe a na tvári mu pulzovali červené okuliare.

„Musíš to prestať robiť," povedal strýko Sam, ktorý práve ustielal synovcovi posteľ. „Aby som nezabudol, dnes sme so Samom navštívili PJ a Ardena, keď sme robili vyšetrenie v nemocnici. Natrafili sme na PJovho otca; poskytol nám aktuálne informácie. Teraz sa delia o jednu nemocničnú izbu, ale stav ani jedného z nich sa nezmenil."

„Vďaka, chcel som im zavolať. Dobre, všetci sa zhromaždite."

KAPITOLA 29

AKO BUDEME POKRAČOVAŤ

Potrebuješ, aby som zostal?" Sam sa odmlčal. „Pretože moja žena čaká, že jej namasírujem nohy. Dieťa sa má narodiť každým dňom, takže nechať ju čakať neprichádza do úvahy."

„Hm, tak sa o ňu postaraj," povedal E-Z. „Podrobnosti ti poviem neskôr."

Lia objala Sama.

„Vďaka," povedal Sam a zavrel za sebou dvere.

Ozval sa zvonček pri vchodových dverách.

„Mám to!" Zavolal Sam a rozbehol sa k vchodovým dverám.

„Má toho veľa," povedal E-Z.

„Bude to ľahšie, keď príde dieťa," povedala Lia.

„Bude to chaotickejšie," povedal Alfred. „Ale teraz si s tým nerobme starosti."

„Takže, čo je najnovšie?" Lia sa spýtala.

„Začni s pozitívami, ak nejaké sú. Pevne dúfam, že nejaké sú," povedal Alfred.

„Dobrá správa je, že mám nápad. Smutná správa je, že netuším, či bude fungovať proti našim nepriateľom. Sú známi ako Fúrie. Počul o nich niekto z vás? Ten názov som poznal z mytológie a vystupujú v niektorých hrách."

Lia pokrútila hlavou, že nie.

Alfréd povedal: „Počul som o nich, ale bolo to už dávno. Myslím, že sme o nich čítali na strednej škole, ešte v dávnych časoch. Pamätám si, že boli zlí - možno traja? A nie sú to bohyne? V hlave mám predstavu Medúzy. Boli príbuzné?"

„Sú ešte horšie. Oveľa horšie, pretože sú tri," povedal E-Z. „Keď som zvracal, no to bolo hneď po druhom stretnutí s nimi. Pri prvom stretnutí to bolo na výlete s Hadžom a Reiki. To, čo nazývali malým prieskumom. A nebojte sa, boli sme zamaskovaní, ale veľa som sa naučil. Sídlo si zriadili v Údolí smrti.

„Ako sme predpokladali, zameriavajú sa na deti. Vo svete hier. Lia, pýtala si sa, čo je ich cieľom… Je to tlačiť deti za hranu. Deti v našom veku a ešte mladšie.

„Keď ich získajú, ukradnú im dušu. A vkladajú ich do Lapačov duší určených pre iných ľudí. Takže keď zomrú, ich duše nemajú kam ísť.“

„To je také zlé!“ Lia povedala.

„Takže keď skutoční majitelia Lapačov duší zomrú, čo sa stane s ich dušami? Myslím tým, že ak ich duše nemajú kam ísť - nemajú domov, nemajú nebo - čo sa s nimi potom stane?“ Alfred sa spýtal.

„O to ide. Nemajú miesto večného odpočinku - takže keď zomrú, len sa vznášajú. Taká je skrátená verzia. A my musíme zastaviť Fúrie a musíme ich zastaviť čo najskôr.“

„Ako berú deťom duše? Tomu nerozumiem,“ spýtala sa Lia.

„Ja tiež,“ povedal Alfréd. „Deti, najmä tie, ktoré hrajú hry, sú veľmi počítačovo zdatné. Ako sa vystavujú nebezpečenstvu? Ako sa k nim Fúrie dostávajú v ich vlastných domovoch, priamo pod nosom ich rodičov?“ „Sú zodpovedné za to, že PJ a Arden sú v kóme?“ Na chvíľu sa zamyslel.

„Dobre, najprv Liaina otázka. Fúrie trestajú tých, ktorí sú nepotrestaní - to bol ich historický účel. Ich hlavnou zbraňou boli vždy výčitky svedomia. Vyvolávajú v ľuďoch pocit viny. Aby ľutovali, že urobili niečo zlé. A keď sa im to podarí, prevezmú kontrolu. Doženú ich k šialenstvu, prinútia ich, aby sa zničili.

„Hovoril som ti o tom chlapcovi, ktorý prišiel ku mne domov a pokúsil sa ma zastreliť? Povedal, že mu niekto v hre povedal, že mu zabijú rodinu, ak ma nezabije. Donútili ho, aby po mne išiel, kvôli akciám, ktoré robil v rámci hry. Na to, aby som si to spojil, mi musel Eriel naznačiť. Vtedy sa mi to zdalo čudné, ale nezaregistroval som to hneď.

„Takto to robia. Chlapec hrá hru a aby v nej postúpil, musí niekoho zabiť, alebo dokonca spáchať masovú vraždu, alebo, no chápete. V skutočnom svete sú tieto veci hriechmi a protizákonné, v rámci hry sú súčasťou hry. Pri väčšine hier je to jediný účel.“

„Počkaj chvíľu,“ povedal Alfréd. „Chceš mi povedať, že v hre trestajú deti tak, ako keby v skutočnom živote spáchali vraždu?“

„Presne tak,“ povedal E-Z. „Presne to robia. Ako využívajú herný priemysel na ospravedlnenie - nie, nemyslím si, že je to správne slovo. Chcem povedať, aby ospravedlnili svoje konanie, keď berú deťom duše.“

Lia zovrela ruky a zovrela ich v päste. Potom si nimi zakryla uši, akoby už nechcela počuť. „Máš úplnú pravdu, E-Z. Nemáme na výber - absolútne musíme zastaviť tie čarodejnice. Čím skôr, tým lepšie.“

„Ja viem,“ povedal E-Z, „ale nebude to ľahké. Sú to bohyne, známe aj ako Dcéry temnoty a Erinyes. Ich cieľom číslo jeden je trestať zlých a v rámci hry - každý je zlý. Je to jediný spôsob, ako v hre postúpiť.“

„Povedal si, že máš plán, aký je?“ Alfréd sa spýtal.

„Najprv odpoviem na tvoju otázku o PJ a Ardenovi. Môj vnútorný pocit je, že odpoveď je áno. Ale spýtal som sa Rafaely, či mi to môže potvrdiť. Povedala, že to nemôže stopercentne povedať tak či onak. Keďže Fúrie nikdy - pokiaľ vie - neodišli od ukradnutia duše. Nehovoriac o dvoch dušiach.

„A ešte jednu vec ti musím povedať, v Údolí smrti sú tisíce Lovcov duší. Možno viac ako tisíce a v počte, ktorý každým dňom rastie. Sú tak ďaleko, kam len oko dovidí.“ Zastavil sa, akoby mal srdce až v hrdle, a utrel si slzu.

„Bolo ťažké byť toho svedkom. To, čo robia, je také premyslené, zámerné. Čo však nedokážem pochopiť, je, čo z toho majú. Veď Hadz a Reiki mali pravdu, keď ma tam zobrali, aby som to videl. Keby mi to povedali, bez toho, aby mi to ukázali... nezasiahlo by ma to tak silno. Aha, a Rafael hovorí, že denne zvyšujú ich príjem. Takže nemáme veľa času na sedenie a premýšľanie. Potrebujeme plán a musíme konať."

„Sú smrteľní?" Alfred sa spýtal.

„Áno, sme na tom rovnako," povedal E-Z. „Takže plán, ktorý som vymyslel, bol vytvoriť si vlastnú hru. Strýko Sam by nám mohol pomôcť. Keď sa budem hrať na vychvaľovanie zabití, potom si po mňa prídu Fúrie. Keď to urobia, chytíme ich do pasce a zabijeme ich v hre.

„Myslel som si, že ich sila sa v hre môže zmenšiť. Ale potom mi napadlo - čo ak aj tie moje."

„To by sme sa nedozvedeli, kým by nebolo neskoro," povedal Alfréd.

„To je pravda. Čím viac som o tom premýšľal, tým menej účinná sa mi tá myšlienka zdala. Nehovoriac o tom, že ak naozaj majú PJ a Ardena, uviaznu v limbe, kým ich ovládnu... No, mohli by im vziať duše. A my by sme ich stratili."

„Chceš povedať, že by to mohla byť pasca?" Lia sa spýtala.

„Presne tak.“

„Dali ste nám veľa podnetov na premýšľanie,“ povedal Alfred. „Myslím, že by sme sa na to mali vyspať, premyslieť si to a zajtra sa o tom znova porozprávame.“

„Nie som si istá, či budem môcť spať,“ povedala Lia, “ale súhlasím, urobme si prestávku. Potrebujem čas, aby som si premyslela, do akého nebezpečenstva sa dostaneme. Musíme sa uistiť, že si navzájom kryjeme chrbát.“

„Jasná vec,“ povedal E-Z. „Medzitým sa pozriem, či sa mi podarí vymyslieť plán B.“

Lia vyšla z miestnosti a zavrela za sebou dvere.

„Zaujímalo by ma, kto bol pri vchodových dverách?“ E-Z sa spýtal.

„Ráno sa môžeme spýtať Sama, pravdepodobne je ešte zaneprázdnený starostlivosťou o nohy svojej ženy.“

Zasmiali sa. „To znie ako plán,“ povedal E-Z. „Dobrú noc, Alfrede.“

„Dobrú noc, E-Z.“

KAPITOLA 30

OOOH, BÁBÄTKO, BÁBÄTKO

Dieťa prichádza!" Sam zakričal o niekoľko hodín neskôr.

Cestou po chodbe držal Samanthu v jednej ruke. Cez plece mal prehodenú nočnú tašku. Schmatol kľúče od auta.

„Nebudeš šoférovať, láska," povedala Samantha a položila kľúče späť na pult.

E-Z vyšiel na chodbu. „Chceš, aby sme išli s tebou?"

„Som v pohode," povedala Samantha. „Lia ešte stále tvrdo spí."

„Zobudím ju a stretneme sa v nemocnici, dobre?"

Lia sa pozrela cez plece: „Už som zavolala taxík. Nebude šoférovať."

Sam sa usmial: „Ona je šéfka."

„Čoskoro sa uvidíme," povedal E-Z. „Mimochodom, kto to bol včera večer pri dverách?" ‚Áno,' opýtal sa.

„Bola to Rosalie. Bola vyčerpaná, tak sme ju dali do hosťovskej izby."

„Dobre, vďaka," povedal E-Z.

Ako sa tak kotúľal chodbou k Liinej izbe a rozmýšľal, čo tam Rosalie robí, zaklopal na dvere.

„To som ja, Lia," povedal. „Tvoja mama a strýko Sam idú do nemocnice. Bábätko už ide na svet!"

Najprv sa ozvalo buchnutie, potom Lia otvorila dvere. Lampa na jej nočnom stolíku ležala na zemi vedľa postele. „Za chvíľu budem pripravená," povedala. Zavrela dvere.

Presunul sa spolu s ňou do izby pre hostí. Nazrel dnu a Sam mal pravdu, Rosalie tvrdo spala. Vrátil sa do svojej izby, obliekol sa a snažil sa nezobudiť Alfréda. Labute nemali v nemocnici povolený vstup, takže zobudiť ho by bolo podlé - cítil by sa odstrčený. Napísal odkaz, že Rosalie spí v izbe pre hostí a aby sa o ňu postaral, kým sa vrátia. Povedz jej, aby sa cítila ako doma, napísal. Nechal odkaz tak, aby ho Alfréd nepostrehol, keď sa zobudí.

E-Z za sebou zavrel dvere a zamkol ich, potom spolu s Lijou nasadli do čakajúceho taxíka a zamierili do nemocnice.

Sledovali značky a čoskoro našli detské oddelenie. Bol tam Sam a prechádzal sa hore-dole, ako to robia nastávajúci otcovia v televízii.

„Ako sa držíš?“ Spýtal sa ho E-Z.

„Ako sa má moja mama?“ Lia sa spýtala.

„Ďakujem vám obom, že ste prišli,“ povedal Sam. Ruka sa mu triasla, keď sa pokúšal napiť vody z fľaše. „Samantha sa má naozaj veľmi dobre. Teda, už si tým s tebou Lia prešla, takže vie, čo má očakávať, a ja. No, neviem, či to zvládnem. Kurz, ktorý sme absolvovali a ktorý nám mal pomôcť pripraviť sa na dnešok, bol dobrý - ale realita je úplne iná. Neznášam nemocnice.“

„Každý nenávidí nemocnice,“ povedal E-Z. „Ale keď prejdú tými krídlovými dverami. A povedia, že ťa potrebujú... Potom sa musíš spamätať a ísť tam a pomôcť svojej žene. Pamätaj, že ste tím, ste v tom spolu. Zvládnete to!“ Potľapkal strýka po pleci.

„Ja viem.“

Lia si položila hlavu Samovi na plece. „Budeš skvelý.“

Prišla zdravotná sestra. „Tvoja žena ťa potrebuje. Už to nebude dlho trvať. Vezmem ťa, aby ťa umyli, a potom môžeš byť so svojou ženou, keď ju zoberieme dole."

Sam prikývol a odišiel.

Posledný výraz jeho tváre pripomínal E-Z niekoho, kto stojí pred popravnou čatou.

„Bude v poriadku," povedala Lia a pohladila E-Z po ruke.

O niekoľko hodín neskôr sa k nim Sam vrátil so širokým úsmevom na tvári. „Mám ďalšiu dcéru," povedal, "a syna!"

„Dve deti?" Lia a E-Z povedali jednohlasne.

„Áno, dve. Na snímke sme videli len jedno."

„Ako je na tom moja mama?"

„Je skvelá! Úžasná!"

„Môžeme ju vidieť? A deti?"

„Dajte im pár minút, aby si pripravili veci. Potom sa môžeš zoznámiť so svojím bratom a sestrou Lia a E-Z sa môžeš zoznámiť so svojimi bratrancami a sesternicami."

„Už vieš, ako ich pomenuješ?" E-Z sa spýtal.

„Áno, ale povieme ti to spolu."

„To je fér," povedal E-Z.

„Dve deti, v tom dome - so všetkými ostatnými," povedala Lia.

„Ja som si myslela to isté. Už teraz máme plný dom…
ale zvládneme to. Vždy to zvládneme.“

Sedeli spolu a čakali.

EPILOG

O niekoľko týždňov neskôr bolo 17. januára. Vianoce prišli a odišli so všetkou obvyklou pompéznosťou a veľkoleposťou, rovnako ako privítanie nového roka. E-Z bol o ďalší rok starší, mal sladkých šestnásť a partia bola spolu v jeho izbe. Charles Dickens sa k nim pripojil cez Facetime.

Na konci chodby vyvolávali rozruch dvojčatá - Jack a Jill. Sam a Samantha si ešte stále zvykali na rutinu nových príchodzích. Nikto v dome toho veľa nenaspal, kým si nerozbalili vianočné darčeky. E-Z, Lia a dokonca aj Alfred dostali slúchadlá blokujúce zvuk.

E-Z premýšľal o ďalších spôsoboch, ako by mohli poraziť Fúrie. Okrem jeho nápadu ísť po nich v hre. Len málo ďalších možností sa mu naskytlo.

Kým ostatní spali, absolvoval niekoľko online rozhovorov s Charlesom. Charles si myslel, že poraziť ich v ich vlastnej hre by bolo „úplne drsné". '

E-Z sa trochu obával, aké ďalšie frázy títo detektoristi Charlesa učia. Spoločne sa rozhodli, že skupinu zasvätia do svojich diskusií, ako pokračovať v nápade s hrou.

„Je to jednoduché," povedal Charles Dickens. „S E-Z sme sa minule rozprávali po telefóne a vymysleli sme, čo by mohlo fungovať. Ak majú nejaké informácie o Troch - myslím tým, že ste všade na internete - budú o vás vedieť. Ale o mne vedieť nebudú.

„Nie že by sa ma báli. Hoci Edward Bulwer-Lytton raz napísal, že 'pero je mocnejšie ako meč'. V tomto prípade dúfam, že to bude pravda.

„Takže som trénoval s mojimi priateľmi detektívmi. Prišli sme na to, že najlepšia hra, do ktorej ich môžeme zapojiť, je už existujúca hra. A myslíme si, že poznáme dokonalú hru.

„Volá sa PK Crew. Hra má rating 13+ alebo na niektorých miestach 12+ a je zadarmo. Motívom hry je zabiť každého vrátane svojej rodiny a priateľov. Za každé zabitie ste odmenení, ale keď zabijete blízkych ľudí, dostanete dokonca viac bodov. Viac peňazí. Dokonca aj povesť v rámci hry. Váš obrázok na televíznej obrazovke PK TV. Na titulnej strane novín The Peachy Keen Times. Hra sa odohráva vo fiktívnom mestečku Peachy Keen. Je to dokonalá pasca - a je to hra, ktorú sami spustíme. Ja budem hrať ako dvanásťročný, oni prídu do hry a vy tam už budete.“

„Bude to dosť bezpečné,“ povedal E-Z. “Myslím tým, že už si mŕtvy - teda v minulom živote -, takže ťa nemôžu zabiť.“

Ozvalo sa zaklopanie na dvere: „Je otvorené,“ povedal E-Z.

Lia vyskočila a hodila sa Rosalie okolo krku. „Rád vidím, že si sa zobudila,“ povedala, keď sa pritúlila k priateľkinmu hrubému svetru.

Rosalie sa stala dôležitou súčasťou ich tímu. Mohla však s nimi zostať už len jeden deň. Potom sa musela vrátiť domov.

Keď si prešla cez miestnosť, aby si sadla, pohladila labute Alfréda po hlave. Všetci sa rýchlo spriatelili, keďže prišla skôr ako deti.

„Musím vám povedať niekoľko vecí. Po prvé, ďakujem, že ste ma tak privítali. Bolo úžasné vás vidieť a ďakujem, že som sa cítila ako súčasť vášho tímu.“

„Ááá,“ povedala Lia.

„Musím vám povedať, že som písala do knihy o iných deťoch so zvláštnymi schopnosťami, ako ste vy. Mám ju v zásuvke nočného stolíka. Keď prídeš nabudúce na návštevu, dám ti ju, aby si mohla ísť a získať ostatných, ktorí ti pomôžu poraziť Fúrie."

„Budeme potrebovať všetku pomoc, ktorú môžeme dostať," povedala Lia.

„Rafael a Eriel si myslia, že ti môžu pomôcť, preto chceli, aby som im poskytla podrobnosti. Preto som si to napísala - aby som na nič dôležité nezabudla."

„Preto ťa Rafael a Eriel zatiahli do bielej miestnosti?" E-Z sa spýtal.

„Áno aj nie. Teda áno. Vedia o ostatných deťoch. Ale nie, nežiadali ma priamo, aby som im o nich odovzdal informácie. Viem, že tieto deti sú pre teba dôležité a bez nich nemôžeš poraziť Fúrie." "Čože?

„Čo vieš o Fúriách?" Alfred sa spýtal.

Rosalie sa zachvela a prekrížila si ruky. „Viem o nich zopár vecí. Napríklad, že sú to tri strašidelné sestry, ktoré sa vrátili sem na zem, aby nerobili nič dobré."

E-Z povedal: „Nežartuješ. Na vlastné oči som videla, aké škody doteraz napáchali. Pracujeme na pláne. Ale povedz nám, kde sú tie ostatné deti? Myslíš, že nám pomôžu? Teda ak sa nám podarí vymyslieť spôsob, ako ich sem dostať."

„Sú to dobré deti, ale museli by ste ich požiadať a ich rodičov o povolenie. Jedno je na druhom konci sveta v Austrálii, jedno v Japonsku a druhé v Spojených štátoch vo Phoenixe v Arizone. Možno sú aj ďalšie, ale tieto tri sú zatiaľ jediné, s ktorými som mala kontakt," povedala Rosalie.

„Na druhej strane, privedenie nových detí všetko skomplikuje," povedal E-Z. „Okrem toho, ak zlyháme, nebude mať kto prevziať úlohu po nás. Možno by bolo najlepšie, keby sme to zvládli sami, s čo najmenšou mierou odhalenia. Ak to zvládneme my, teda vyradiť Fúrie - načo do toho zaťahovať ostatných? Cudzích ľudí? Prečo riskovať životy iných detí?"

„Nie je to tak dávno, čo sme boli všetci cudzí," povedal Alfred.

„Ja som stále cudzí - aj keď sme príbuzní," odvážil sa Charles Dickens. „Ale ja nie som jeden z Troch. E-Z má na starosti a ja rád urobím, čo si myslí, že je najlepšie. Detektoristi hovoria, že som nováčik. A je to pravda."

Rozália sa pozrela na chlapca v zástene. „Ešte sme sa poriadne nepredstavili," povedala. „Ja som Rosalie a som si istá, že som väčší nováčik ako ty."

Charles sa zasmial. „Ja som Charles Dickens."

„Nejaký príbuzný, vieš, toho Charlesa Dickensa?" Rosalie sa spýtala.

„Ehm, áno, som on - reinkarnovaný." "Áno, som.

Rosalie sa zasmiala. „Myslela som si, že som už počula všetko. Nuž, rada ťa spoznávam, Charles."

Na vchodové dvere sa ozvalo hlasné zaklopanie.

O niekoľko sekúnd neskôr si obuté nohy napriek Samovým protestom razili cestu po chodbe.

„Rosalie," ozval sa cez zatvorené dvere najmohutnejší z dvoch mužov. „Je čas vrátiť sa do domu. Potrebuješ svoje lieky, tak poď von, alebo si po teba budeme musieť prísť."

Rosalie sa postavila: „Vyzerá to tak, že som ti povedala všetko, čo potrebuješ vedieť, a navyše v pravý čas." Podišla k dverám, otvorila ich a spolu s ošetrovateľmi odišla.

V zadnej časti sanitky, o chvíľu v bielej miestnosti. Police a knihy boli rovnaké, ale vôňa nie. Predtým tam zápach nebol, ale teraz bol zlý. Smradľavý. Hnusný. Ako bielidlo a zhnité vajcia.

Cez stenu vošli tri ženy oblečené od hlavy po päty v čiernom. Namiesto vlasov mali hady. A ďalšie hady sa im plazili po rukách. Lietali na ňu. Ich netopierie krídla kontrastovali s čistotou a belosťou miestnosti. Z očí sa im spenila krv, keď švihali bičmi jej smerom.

A ich zápach bol neznesiteľný.

„Povedzte nám, čo chceme vedieť," zakričali fúrie jednohlasne.

„Neviem, na čo sa ma pýtate," povedala Rosalie a držala si nos.

BOLI.

Praskot biča sa starenke rozškriabal po koži na líci. Keď sa dotkla tváre a pozrela na svoju ruku, bola celá od krvi.

„Vieš," povedala Allie, zatiaľ čo ona a jej sestry opäť švihli bičom v blízkosti staršej ženy.

„Neviem, čo tým myslíš."

Prevrátila sa polica s knihami. Nebyť rýchlo sa pohybujúceho rebríka, Rosalie by sa pod ním zviezla.

KĽÚČ.

Snívam, pomyslela si Rosalie. Musím sa zobudiť. Musím sa zobudiť TERAZ a dostať sa preč od týchto príšerných smradľavých tvorov.

Spadla ďalšia polica na knihy.

Potom ďalšia. A ďalšia.

Onedlho dopadol na zem aj rebrík a odrazil sa. Raz, dvakrát, trikrát. Potom sa roztrieštil na kúsky.

„Ale nie!" Rosalie vykríkla.

„Povieš nám to, láska," žiadala Tisi, keď zdvihla staršiu ženu zo zeme, keď ju ovinula hadími rukami.

Rosaliine nohy neisto viseli. Zatiaľ čo hady zovreli svoje chápadlá okolo jej hornej časti tela.

„Dávaj pozor, sestrička, privodíš jej infarkt," vykríkla Meg a posunula sa bližšie k Rosalie. „Daj nám, čo chceme, láska."

„Nepoviem vám nič, nič. Bez ohľadu na to, čo mi urobíš," povedala Rosalie.

Bola taká odvážna. Vedela totiž, že nie je sama. Lia tam bola a počúvala.

„Toto je úplná strata času," povedala Allie, keď poslala do vzduchu bič a zrazila celú stenu knižných políc. Niekoľko okrídlených kníh sa snažilo dostať spod políc. Jedna sa pokúsila vzlietnuť svojím jediným zostávajúcim krídlom.

Tisi sa otočila k vzdialenejšej stene a zapálila knihy. Padali ako domino na úbohú Rosalie, ktorá bola pochovaná pod horiacimi knihami.

Fúrie sa hlasno a hrdo smiali.

Rozália v duchu zavolala Liaino meno. Kde si, Lia? spýtala sa. Kde si, maličká?

V dome E-Z otvoril svoj notebook. „Dobre, mali sme možnosť sa na to vyspať. Súhlasíme všetci s tým, že nemáme inú možnosť ako bojovať s Fúriou?"

Lia a Alfréd prikývli.

„A musíme zohnať tie ostatné deti a priviesť ich sem. My sme traja a oni traja. Lia, ty choď do Phoenixu - Malá Dorrit ťa môže vziať alebo môžeš letieť lietadlom."

„Ja mám radšej Little Dorrit."

„Dobre, prvé dieťa je vyriešené. Aj keď nevieme, ako sa volá a kde presne sa vo Phoenixe v Arizone nachádza. A budeš si to musieť vyjasniť s jej rodičmi. Nebude to ľahké, pretože im budeš musieť povedať, do akého nebezpečenstva sa ich dieťa dostane."

„Áno, budem musieť od Rosalie zistiť viac podrobností."

„Alfred, môžeš ísť do Japonska. Navrhujem, aby si letel - budeme musieť vyriešiť logistiku. Budeš musieť letieť späť s dieťaťom, ktoré predpokladá, že ti jeho rodičia dajú súhlas. Opäť potrebujeme od Rosalie upresniť, kde to dieťa je. A bude tu jazyková bariéra, ak neviete po japonsky?" ‚Áno,' povedal som.

Alfred pokrútil hlavou.

„Zohnám prekladateľa."

„Dáme ti telefón a môžeš si tam dať aplikáciu, ktorá by prekladala za teba. Bude to náročné na učenie," povedal E-Z. „Najmä preto, že nemáš prsty."

„Mne to znie dobre," povedal Alfréd. „Budem musieť urýchlene začať pracovať s telefónom. Nemalo by trvať dlho, kým na to prídem. Medzitým môže Rozália povedať dieťaťu, že som labuť - aby nepadlo a neomdlelo, keď ma prvýkrát uvidí."

„To je dobrý nápad," povedala Lia. „Ale ako budeš písat?"

„Môžem používať svoj zobák."

„Alebo hlasom aktivovaný program," povedal E-Z.

„Super," povedali Lia a Alfréd jednohlasne.

„A ja poletím do Austrálie. Nasadnem na lietadlo späť s dieťaťom, ale bude to rýchlejšie, keď pôjdem priamo tam. A ešte jedna vec, musíme si vymyslieť prepadlisko. Nejakým spôsobom sa môžeme dostať von - v prípade, že jedného alebo viacerých z nás chytia, zabijú alebo zrania. Musíme byť pripravení na všetko. Ak zomrieme skôr, ako to dokončíme, nebude tu nikto, kto by pozbieral kúsky."

„Archanjeli," zakoktala Lia a potom sa zastavila. Zachvela sa, potom nemohla popadnúť dych. Objala sa okolo seba rukami.

„Si v poriadku?" Spýtala sa E-Z.

„Pššš," povedala. V miestnosti ani v jej mysli sa neozývali žiadne zvuky, bolo absolútne a úplné ticho. Jej tep sa vrátil do normálu, rovnako ako dýchanie.

„Falošný poplach," povedala. „Myslela som si, že niečo nie je v poriadku, akoby som dostala SOS, ale teraz sa zdá byť všetko v poriadku."

„Stáva sa to často?" Alfred sa spýtal.

„Nie," povedala Lia.

„Dobre, začneme brainstorming," povedal E-Z. A zvyšok dňa strávili vytváraním zoznamu, nulovaním toho, čo by sa mohlo pokaziť a čo by sa mohlo podariť.

Odišli do svojich izieb a spali.

Bola to pokojná noc pre všetkých okrem Rosalie.

Rosalie, ktorej hlas nebolo počuť.

Na ktorej hlas nikto neodpovedal.

Neprišla žiadna pomoc.

Biela izba bola zničená.

Nikto neprišiel Rosalie zachrániť.

Pred zlými fúriami.

ĎAKUJEME!

Vážení čitatelia,

Ďakujem, že ste si prečítali tretiu knihu zo série E-Z Dickens... Mrzí ma smutný koniec, ale niekedy sa také veci stávajú.

Záverečná kniha bude k dispozícii už čoskoro!

Ešte raz ďakujem všetkým ľuďom, ktorí mi pomohli, aby táto séria bola taká, aká môže byť, napríklad mojim beta čitateľom, korektorom a redaktorom. Ďakujem!

Mojim priateľom a rodine ďakujem za povzbudenie a podporu.

A ako vždy, šťastné čítanie!

Cathy

O AUTOROVI

Cathy McGough žije a píše v kanadskom Ontáriu so svojím manželom, synom, mačkou a psom.

PRÍDE UŽ ČOSKORO!

E-Z DICKENS SUPERHRDINA

KNIHA ŠTVRTÁ: NA ICE